1987年的浆水和酸菜

马金莲 著

南方出版传媒
花城出版社
中国·广州

图书在版编目（CIP）数据

1987年的浆水和酸菜 / 马金莲著. -- 广州：花城出版社，2016.5

（锐·小说）

ISBN 978-7-5360-7897-0

Ⅰ.①1… Ⅱ.①马… Ⅲ.①短篇小说－小说集－中国－当代 Ⅳ.①I247.7

中国版本图书馆CIP数据核字(2016)第064480号

出 版 人：詹秀敏
责任编辑：文　珍　周思仪
技术编辑：薛伟民　凌春梅
封面设计：棱角视觉

书　　名	1987年的浆水和酸菜
	1987NIAN DE JIANG SHUI HE SUAN CAI
出版发行	花城出版社
	（广州市环市东路水荫路11号）
经　　销	全国新华书店
印　　刷	广东新华印刷有限公司
	（广东省佛山市南海区盐步河东中心路23号）
开　　本	880毫米×1230毫米　32开
印　　张	6.75　2插页
字　　数	125,000字
版　　次	2016年5月第1版　2016年5月第1次印刷
定　　价	28.00元

如发现印装质量问题，请直接与印刷厂联系调换。

购书热线：020-37604658　37602954

花城出版社网站：http://www.fcph.com.cn

目 录

安守宁静的美好（代序）   I

1986年的自行车   1
1987年的浆水和酸菜   41
1990年的亲戚   63
1992年的春乏   91
摘星星的人   129
一抹晚霞   151
窑年记事   169

时间缝隙里的碎碎念（代后记）   199

安守宁静的美好（代序）

我居住、工作和生活的小城固原，就在六盘山脚，一抬头，西南边的山影像一道沉默的屏障，它总是遮挡住我试图远望的视线，却给内心投射下一道温暖的依靠。二十九年前，我在六盘山另一边的西吉乡里生活，从孩提到求学，到就业，工作的单位从乡村小学、中学到乡政府，变了又变，但都是在六盘山的西边活动。接下来的六年，脚步被自己牵引到了固原，这里已经是六盘山的东麓了，这座安静地俯卧在六盘山脚根下的小城，它朴素，落后，沉默，厚重。一抬头就能看到卧雪的六盘山顶。目光远眺，心思流转，生活变换，心情变迁，三十不惑，我和我的生活、文字都经历着时代的变迁。时代是大时代，变迁是小变迁，一个人内心的经历和变迁更是浮尘一般的微小。可是我常常耽于一个人的小变迁。这种变迁更直接，更让我纠结和沉溺。常常，我会望着高处纯粹的蓝天，和蓝天下苍远的群山，一边远眺一边幻想，幻想很多事情，这源于我对自己手底文字的思考和疑惑。

这个冬天，西海固比较冷，最低温度逼近历史最低纪录。六盘山顶自从驮上第一抹白雪开始，那一片白就再也没有彻底消失过，一直白皑皑地背了一个漫长的冬。在寒气蔓延中，我打理工作、生活之余，一有时间就审视着自己的文字。我觉得这时候的自己很滑稽，是个可笑的角色，看那些文字的目光和心态，就像一个母亲在打量自己长得不怎么样的孩子，心里一个劲儿犯嘀咕，我应该还能把他们创造得更好看一点啊，怎么就这副歪瓜裂枣的嘴脸了？嘀咕归嘀咕，嘀咕完了，左右端详，还是觉得从心眼里有一份儿偏爱，毕竟是自己生出的孩子嘛，再丑，也舍不得拿去喂狼。

之所以清晰地记得最初拿起笔开始写作的那个时间点，是因为那一年很特殊，2000年，千禧之年，当时我十八岁。很欣慰，我竟然用那样的方式为自己的青春年华留下了一个注脚。有时候觉得苦，涩，迷惑，也曾中断，也曾犹豫，岁月无伤，时间流淌，所幸离开的时间总是不长，很快又会重新回来，循着文字的馨香回到那条熟悉的小路上，固执地，勤恳地，快乐地，不知所求地，读，写。去年在多次文学活动的发言中我说我已经写了十五年了，已经写了十五年了。而如今，这个数字需要再次更新，十五年已经成为历史，现在是十六年。十六年，要是把每一年的时光展开了，摊在眼前，一年又一年地排下来，几乎所有的日子里，都深深浅浅不同程度地刻画下一个挚爱文字的女子的内心痕迹，思索，想念，苦恼，喜悦，渴望，暗哭，向往，都是秘密。所有伴随文字的因素，都是秘密。

因为文字，我觉得写作者要比一般人更多地承受内心的沧桑。这些看不见的、细碎的沧桑，却蚕儿吞噬桑叶一般一天天一月月地侵蚀着心，面对巨大的时代，面对纷杂的人世，有时候觉得要用文字去切入去抒发去思索，是一件艰难万分的事情。这样的问题是不能多想的，想多了，就有种虚幻的无助和四顾茫然的孤独。也许这样的感觉，是每个书写者都会面临的难题，每个人都会挣扎在自己设定或者难以摆脱的泥淖里。我只能越发地冷静，让自己沉入一种越来越安静的境地里，用完全安静下来的目光去打量这个世界。将打动内心的人物和事件慢慢地咀嚼，剖解，在纷扰繁复的表象之下，探索幽暗处属于人内心的柔软和光泽。

我想固执地写我熟悉的，难舍的村庄和人与事，近期的系列短篇《1987年的浆水和酸菜》《1990年的亲戚》《1992年的春乏》《1986年的自行车》，还有《一抹晚霞》等，所有的文字都始终围绕西海固，围绕我稔熟的乡村。但是如今书写乡村，明显要比书写城市难度大，因为当下的乡村已经远远不是我们最初生长、生活、熟悉的那个乡村，社会裂变的速度和纵深度早就渗透和分解着乡村，不仅仅是表面的外部生存环境的变化，还有纵深处的隐秘的变迁，包括世态、人心、乡村伦理、人情温度……乡村像一个我们熟悉的面具，一不留神，它已经变得让我们感觉面目全非和陌生难辨。而在意识里，却对乡村寄予了我们最初成长岁月里的美好和情感，现在我们还以这样的尺幅去衡量乡村，无疑现状会让我们失落。这种落差，怎么在文字里呈现？怎么叩问追索乡村失落的东西？又怎么重新发现、讴歌和守望乡村？

这一命题，随着我一直书写的那个村庄扇子湾的搬迁，很直接很残酷地逼到我面前了。还是围绕着扇子湾，还是写扇子湾的人和事。但是此刻的扇子湾，和西海固部分村庄一样，正经历着被移民搬迁的命运。被移民的村庄有着大同小异的特征，位居深山，交通不便，干旱缺水，生活苦焦。为了改变这种现状，大家只能抛弃了这深山褶皱里的村庄，搬到川区靠近黄河水的地方去。扇子湾四十来户人，分好几次搬迁，被分作劳务移民和生态移民。大家习惯了几辈人种地的生活方式，现在搬过去住廉租房，进工厂打工，据说只要能下苦，还是可以过好日子的。但是大家更希望能分给自己一点土地，感觉有了土地耕种心里才能踏实。所以乡亲们不愿意走劳务移民的路，而是等待着能被安排到生态移民的名单里。所以，从2010年开始，这个村落的人就处在一种等待中。命运会怎样，一时不知道。由于随时会搬离，所以各种建设活动全部停止，只有好一点的土地还耕种着。村庄迅速败落下去。我隔段日子回去看奶奶，每一次都能看到村庄的沧桑和破败。扇子湾的消失是迟早的问题，我们谁都没有能力挽救。看着日渐塌陷的老屋，家门口弯了腰的老杏树，老坟院里不断低矮下去的爷爷和弟弟的坟堆……一个在扇子湾出生、长大的生命，我能挽留些什么呢？一方面密切关注着乡亲们的当下，另一方面，禁不住去回忆。沿着记忆的小路往回走，回到了二十几年前的扇子湾，看到了从前的土院子、白木门、土窑洞、太爷爷、外祖母、小黑驴、红乳牛、羊群、芦花鸡、黑狗……每一个寻常的日子，和一日三餐中离不开的菜肴。我能做什么？除了不断地徘徊、伤怀，只能书写，让这缕馨香借助着文字扩散，让我的怀念和挽留变得温暖。

在首届"黄河文学"散文比赛中的二等奖散文《半叶清风吹故乡》里，我直言不讳地书写了我的矛盾，我的痛苦，我内心难以调和难以平衡的矛盾。一座乡村的陷落，是多少故事多少回忆多少温暖的陷落？一座乡村的消逝，又是多少连接的消逝？手中的笔沉重得再也无力轻松举起。我从活生生的生活里去汲取。所以一有空就往农村跑，利用一切机会回娘家、婆家、亲戚家，不想、不能也不敢远离生活，鲜活的素材都在真正的生活里。我开始了系列回族老人生活采访，从西海固老人们身上汲取鲜活的记忆，挖取珍贵的素材，接受民族血脉里最贴近地皮的那种营养的滋养。每年秋季我都要去老家的玉米地里掰棒子，掰出两手心的血泡和老茧，这样坚持的原因只在于我喜欢透过腥咸的汗水看到那么多农民同胞被汗水漫漶的笑颜。在西海固乡村集镇上游走，观察那一张张鲜活生动被生活牵动的脸庞。在清真寺拱北等地的回族传统节日上或者回族葬礼上，我让自己像一粒沙子一样，默默地镶嵌在最低处的地皮里，然后用自己的心跳感受这个群体的心跳,用自己的体温体味大众的体温。我见过清晨打开商品房门泼出第一盆洗脸水的小媳妇,见过为自己买嫁妆的大姑娘,也望着农贸集市人散后空落落一地垃圾被风裹挟着乱舞的寂寥和清冷出过神。

文学是什么?其实现在已经很少去思索这样直白又艰深的课题,面对整个时代的喧嚣和浮躁,我觉得作为一个渺小的个体,如果能脚踏实地坚守一份内心的清明与宁静,也许更有意义。

马金莲
2016年3月1日

1986 年的自行车

头九温,二九暖,三九四九冻破脸,四九茬茬,冻死娃娃。这些话说了个啥意思?说的是我们这里冬天的寒冷,尤其交九以后。交九以后最冷的是啥时候?自然是四九了。四九究竟有多冷呢?冻死娃娃的事儿当然有点玄乎,在我们那一带好像没有真听说过。但是寒冷是结结实实存在的,迈进腊月的门槛后,"九"就像一个妖娆的女人,从寒冬深处扭搭着阴气森森的脚步一步一步向我们的村庄靠近了。但是我们自有防寒的办法。刚交九吧,母亲就用破棉花搓成条,把每个窗户上每一片玻璃的缝隙都塞住了。用薄薄的刃片戳着塞,塞得严丝合缝,让冷风找不到突破口,无法灌进来。到了二九,门口和窗户上换成了最厚的帘子。帘子自然是母亲一针一线缝起来的,破棉花、烂破布,很多不能做鞋的破烂拆洗了,厚厚地压在一起,缝成了棉帘子。四九的时候,清晨开门,吊在门口的铁门关门环和昨天见到的没啥区别,有好事的娃娃就伸手去抓,热乎乎的手摸上去,发现扯不下来了,有一股看不见的力在吸引。慌忙扯下来,手心灼疼。外奶奶把刚刚解开要梳理的白发贴在玻璃上,嘴里仅剩的几颗老牙怪异地呲开了,咻咻地笑,说不听老人言,吃亏在眼前,你娃娃还敢逗能吗?母亲填炕的时候要用推耙子,推耙子顶着一片驴屁子堵在窗玻璃上,这是母亲昨夜入睡前顶上去的,她怕寒冷穿透玻璃,屋子里的外奶奶有咳嗽的老根儿,这数九的寒气,厚窗帘子怎么都抵挡不住。姐姐在炕上把里面的帘子卷了起来。黑洞洞的屋子里终于一派亮堂。整片窗户上的九片玻璃,最下面的五片半干干净净,没有一点霜痕,上端的结霜了。姐姐站在窗前用指头划拉霜花。白森森的霜厚厚一层,猛一看就是一片茫茫的白,姐姐参差不齐的指甲在破坏着那片白。姐姐这是老毛病了,几乎整个冬天,她天天早晨都要守着窗户呆一会儿,衣衫不整,披散着头发,用外奶奶的话骂,那就是一个懒死没人问的女子。这女子不顾外奶奶一遍一遍苦口婆心的说教,坚持把玻璃上那些好看的霜花画面划花了,破坏了,才下地开始做那些属于她的家务。我噗噗噗吹着泛红的手心,眼里泛着泪光,有些痛恨地看着那一夜工夫就变脸的黑阴阴的生铁门关和门环。外奶奶嘴唇绵软地嚅动一阵,把一口痰吐在地上,说给你说了多少遍了,就是不听,把老人的话当耳旁风哩,晓得好歹了吧?多亏是手,要是舌头,你伸出来舔一下试试,活活就给你拔掉了。我看见她褐色的双唇之间闪动着一个肿呼呼的枯树叶子一样的舌头。

这时候大门咣当响了一声。有人在推门。我赶忙扑进屋子。要知道我也是一副刚睡起来睡眼惺忪衣衫不整的样子。这时候父亲肯定还睡着,是母亲揭掉窗口的驴屉子,填了炕,给驴倒了草,给饥饿的鸡群撒了几把干粮食,然后把大门上的门关打开了。我们进出自己的家一般都不会有这么大响动。习惯了门扇的重量,门槛的高低,和门洞的深浅,我们自家人一般都是轻出轻进。从声音判断,是旁人来了。我进门奔得慌张,将一只鞋丢在了门外。那是外奶奶的鞋。我和姐姐只要逮着机会就穿外奶奶的鞋。外奶奶是碎脚,鞋是姨娘专门做的那种浅口软鞋,圆圆的鞋头,软软的鞋帮,穿起来很方便。还有一个原因,外奶奶的脚很干净,走的路少,她的鞋总是很舒服,不像我们的鞋,我们的鞋哪里是鞋呢?简直就是驴蹄窝,我们去揽柴背粪,去沟里抬水饮驴,去野洼里疯跑,去马福有家麦场里耍,我们的鞋底子沾满了乱柴和粪末子,有时候还会踩踏上娃娃的干屎。我们的鞋硬邦邦冷冰冰的。相比之下,外奶奶那一对儿整整齐齐停靠在炕头跟前的黑绒布方口儿软鞋,穿在脚上简直就是享受。外奶奶最痛恨的就是我们偷偷穿她鞋的行为。在她老人家看来,这已经不仅仅是一件穿鞋这么简单的事情,她将它上升到了更深的层面,和女子娃的性情、品德与教养,甚至和长大成人以后找婆家、教育自己的儿女、孝敬公婆、一辈子的安身立命等等这样重大的人生课题联系了起来。而一旦和这样的课题联系起来，外奶奶就有话说了，就逮住了不松手，给我们的父母说，给每一个来串门子恰好碰上的人说，如果实在没人可以倾听，她就自己说给自己听。一个外奶奶倾听着，另一个就气呼呼地诉说着，解释着，替我们这样不懂事的女孩子深深地忧虑着。一个女子娃家，现在就这样邋里邋遢，就这样随便和爱占便宜，以后能有教养吗？能吃苦耐劳吗？能指望成长为一个惹人疼爱乖巧灵活的小媳妇儿吗？困难啊，三岁看老呢，娃娃芽芽的时候苗头就不好了……

我一口气跑进门，带着一股子寒气直冲上炕，外奶奶那一对挂在我瘦小脚板上的鞋嚮里啪啦响了一路，最后关头被甩离了脚后跟，它们像两只受了惊吓的鸟儿，有些狼狈地软塌塌趴在了地上。要是平时，肯定少不了一顿数落。现在外奶奶和我们一样，注意力在大门口。门已经开了，一张脸先于身子从大门缝里挤了进来。头发将脸遮盖住了，所以我们透过窗玻璃看到了一团黑乎乎的浓发。谁家的大女子哩？一大早做啥来了？外奶奶蜷缩着两个腿子，把身子往窗口拼命地挪。同时身子猛然暴涨起来，一把打掉了姐姐正在划拉霜花的手，死女子，起来了不晓得拾掇个家，披头散发的，你看你像个啥物儿?! 外奶奶的一张嘴就是这么刻薄。姐姐没明白这老人家为啥忽然干涉自己的行为，对于划拉霜花，她不是很少干涉吗？姐姐想不通，嘴巴顿时就斜吊起来了。可是没人理她。我眼尖，我看到来的是男人，不是女子，他留的是长头发，叫分头，现在的小伙子都留这样的头发，他穿的红衣裳也不是女子娃的棉袄或者外衫，而是叫夹克，专门给小伙子穿的。这么一个穿红衣披着头发的男人一猛子从门口进来，外奶奶把他看成个女子，一点也不奇怪，要不是我们已经接受了这样的打扮，我们也会很吃惊的，也会当作女子的。我知道他是舒尔布，下庄里马义元的大儿子。秋后那一段时间他跟上几个年轻人跑了一趟外头，回来就是这打扮了。跑外头的年轻人都是这打扮。只有那些目前还没有出过门，守在家里种地喂牛听父母话的青年还没有把自己的外貌和德行都弄成这个样子。

　　舒尔布我们是熟悉的。其实我们村庄里的每一个人，我们都是很熟悉的。大家除了吃饭睡觉在自己家里，一年四季几乎天天都能见面，种地、担水、跟集、磨面、送埋体、跟尔麦里……琐碎的大同小异的生活细节和日复一日的重复，让我们在枯燥的日子里将村庄里的每一个人、每一条生命、伴随着每一个生命发生的每一件事，都成为大家共享的资源，很多时候我们就是借助这样的资源度过每一个面目相近单调枯燥的日子。舒尔布和他身后的一切，我们自然也是很熟悉的。有多熟悉呢？他这一进来，我们就知道他干啥来了。昨天晚饭后母亲叫我看一会儿娃娃，她要去喂牲口填炕用驴屎子堵窗玻璃。其实这个吃奶的小尕尕那么小，远没有到让我抱着哄的地步。他才两个月大，是入冬前出生的。他是我们家的稀奇宝,是母亲生了两个女儿之后好不容易才盼来的儿子。母亲一刻不离地看护着他,就算是离开一会儿,她也不放心。她说娃娃一个人在窑炕上害怕,只要母亲抬脚离开,她就会喊我们中的某一个去坐在炕头上给弟弟做伴。昨晚我做完伴,母亲进来了,父亲也回来了。父亲怎么天擦黑才进门呢?他推着自行车,车把上挂着一个黄色的帆布包。我首先透过已经暗下来的窑窗玻璃去看那个帆布包。包鼓鼓的,一个希望像云朵一样在我心头升了起来。父亲每次都不会空手回来,都要多少买点好吃的,水果糖啊,苹果啊,柿子啊,饼干啊,罐头啊,反正都是我们在日常生活里很少看到的东西。父亲在门口缓了一会儿,问,能行了吗?母亲说再缓一阵,等身上的汗全塌下去了再进来不迟。父亲就背搭着手在门口踱来踱去地散布。走几步,把头探到门口问能进来了吗?我咋觉着缓的功夫大了。问了两回。其实我恨不得让他现在就进来呢。但是母亲很笃定地抱着弟弟喂奶,看着弟弟把一个奶头呲一嘴,奶水受了惊,她赶忙换另一个奶头,然后把受惊直冒的奶水往弟弟的小脸儿上喷,弟弟像个小老头儿皱着眉头,忍受着奶水的浇洒。但是他不哭,咯咯笑。母亲把他的鼻子眉毛耳朵碗儿都浇到了,这才罢休。然后用一团蓬松的新棉花擦,很快就擦洗出一张香喷喷奶烘烘的小脸儿。母亲的嘴一刻不停地念叨着,说你大回来了,看他的老儿子来了,脸脸脏成牛屁眼了——暮色已经落下来了,母亲才拧过身子,给门外的人说进来吧。父亲几乎是踉跄着奔进来的。我们的门槛太高了,一根老榆木的杠子,由爷爷那个老木匠用他拙劣的手艺简单修饰了一下,就马马虎虎装上了。平时冷不防就会把我们绊一跤。大人腿长,不像我们这么没记性,所以大人绝少摔跤。想不到父亲差点小阴沟里翻了船。他借势扑到炕头边,胡子拉碴的脸就往母亲怀里凑,说半个月没见,想死人了,我的老儿子,长大了吗?帆布包被他丢在一边,他现在眼里只有他的老儿子。我和姐姐像老鼠一样,眼里的贼光早惦记着包袱,趁着母亲给父亲诉说这一段日子怀里的小人儿发生的种种变化,我们的老鼠爪子已经伸进了帆布包,捏几颗糖果,抓一个水果。等到两个围着儿子昏了头的大人发现,我们已经把东西吃在嘴里了,那时候他们又不能生生地掏出来。想不到父亲叹了口气,吓了我一跳,赶紧把刚伸进拉索里的爪子往出抽。父亲说今儿不巧啊。母亲说把灯点上,娃娃去锅巷里给你大把饭端来,剩饭能行吗?父亲说能行,凑合一口啥都行。姐姐下去端饭。我的手又溜进包袱里。我觉得母亲自从有了这个老儿子,人有了变化,尤其对于父亲,从前的时候吧,父亲不管多晚回来,她都要跑出去抱柴,在灯火地里摸索着给他做一碗热的吃,从来不敢让父亲在门外等一等再进来。弟弟来到我们的生活里,母亲的很多生活细节就变了。她说父亲远道而来,赶路汗泼流水的,不在门外缓一缓,带着汗热烘烘喷进来,会带来邪气,伤到弟弟。她说娃娃缠人,父亲就吃点冷的将凑吧。有一回她甚至坐在炕上指挥说天天要给娃娃洗尿布子,手在凉水里泡着,冷到骨头缝里了,叫父亲大男人的手帮忙把那几个尿布子给搓一搓。更让我们惊奇的是,父亲竟然啥都没说,很听话地把那几个尿布子给洗了。要知道之前父亲的衣裳都是母亲一直在洗,父亲除了洗脸时候顺带着洗一把毛巾,他从来不会给家里洗任何一件东西。父亲真的端起冷饭就吃,抽空儿又吐一口气,说今儿运气不好,在庄口上碰到个人。

谁?母亲警觉地竖起了耳朵。她的耳朵上戴着一对银耳环子,那是大舅舅偷偷买了送给妹妹的。据说这一对耳环子是大舅舅卖掉了半口袋胡麻,然后买来的。耳环子很大很结实,两个圆环,下面拽着长长的几根流苏样的穗子。母亲一说话,一摇头,一点头,一动弹,耳环上的穗子都会很配合地很润滑地抖一抖,颤一颤,颤出一丝儿激动或者激愤,一种银光闪闪的美感就沿着母亲的耳垂往脖颈里流淌。现在,借着昏暗的煤油灯光,我看见这耳环上闪烁出一种疑惑的光。肯定是马沙子?是不是又要借钱了?这一回你可要把口焊实了呀,再不敢像上回那样松口,钱借出去不说,还把我装进去了!今儿早上他就来寻你了,我说你没一分钱,娃舅舅前儿刚借走了。

说起借钱,真是一件让我们无比苦恼的事情。几乎每个月,都有人要找父亲借钱。不是亲戚就是邻居、亲门、党家，三块，五块，十块。有些人是确实有困难，实在没办法了，借去了也总是会想尽办法地折腾着尽快还上；有些人就不是这样了。比如马沙子，谁不知道他是老赌博客了，家里输得精光，要不是他老子为人硬撑，说不定连自己的媳妇娃娃都领出去卖成钱押上去了。马沙子是向父亲借钱借得最勤的人。让人没办法的是他长着一张糜面嘴，见谁都是笑眯眯的，不是喊巴巴，就是叫爷爷，好像他一根舌头要比别人软上几十倍，软溜溜的舌头配上一副薄薄的嘴唇，一口细米般的老鼠牙，他见了谁都不怯场，都能侃侃而谈，用我母亲的话来形容，他能把死人说活，能把麻雀说下树。这么一个能说会道又很会拍马溜须的人，只要他开口借钱，我们的父亲简直就没有免疫力，被他一番奉承的话灌米汤一样灌下去，父亲就晕晕乎乎了，就暂时忘记了自己家里的困难，就笑呵呵把钱掏出来借给人家了。母亲不止一次哀叹，说这个世道啊，奸人太奸了，瓜子太瓜了，有的人把你卖了，你还乐呵呵张着大嘴给人家帮忙数钱呢。

父亲否决了母亲的猜测，说不是钱的事，也不是马沙子，是跛舒尔布。母亲一听是跛舒尔布，那一对耳环摇摆的姿势顿时柔和下来，口气也放松了，说哦，他呀，孽障人，他给你说啥了吗？是不是没面吃了？我前儿才把半袋子糜子面送给哑巴呀，咋说也够吃个七八天吧。父亲一听这话神色忽然宽松了，哦了一声，却不说话，只是望着窗外已经严严盖下来的黑暗。母亲往前试探一步,声音压低了,难道,他也要借钱?这可是个作难的事儿,不借嘛,他很少向我们张嘴,好不容易张开了,不借我们心里过意不去;但是借给嘛,肯定还不上,就他家那日子,十头八年也没能力还,等于是白送给了嘛——我们也紧困啊,这还真是为难的事儿——不等她感叹完毕,父亲忽然打断了她,不是钱的事儿,钱的事倒好说,借给三块五块,就当白送了!问题是他要借自行车呢。他还耍了个奸心,首先问我放学了吗,明儿出门吗?我哪里晓得他要借自行车,就说明儿不出门,放寒假了,可以彻底在家里缓缓了。他把我的话套出来,才稳稳地说明儿想借车子呢,想骑着车子去戴家梁,瞅对象去呢。你说这麻缠事儿,可不就比借三五块钱还麻烦?

母亲偏着头看父亲,傻了。好几秒。帆布包里的情况我们已经摸清楚了,是一把水果糖,一兜子柿子,一包点心,还有一包软乎乎的东西,不知道是什么。好像没有我们喜欢的饼干。点心是婴儿拳头大的油炸型糕点,软软的,甜甜的,外奶奶最喜欢这一口。所以点心肯定全部归外奶奶,没有我们的份儿。我想趁早摸一块出来。可是那个塑料袋绾得实在结实,手一碰塑料就沙沙响。我要一面看着父母说话,一面用两个手指头解开袋子口,实在很困难。尤其一紧张手指头就很不争气地软了,使不上劲,好像两根软柳树秧子,纠缠着在打架。母亲的耳朵下方白白的。

那里是脸颊和后脖子的交界处,那里已经有了细细的皱纹,忽然那皱纹激烈凝结了几下,耳穗子受了惊吓一样晃荡起来,不等我反应过来,啪——手上结结实实挨了一巴掌。一个气冲冲的声音紧跟在巴掌后面劈过来,把你几个馋死鬼,就晓得顾嘴,顾嘴不顾身,沟子吃个榨油墩!明儿一个个都是好吃懒做的货色!挨打的是手,火辣辣发烧的却是脸。我看看炕里,看看炕头,再看看地下,我在很认真地找,看哪里有没有一个大坑,我要一头栽进去,然后大坑自动合拢,从此让我彻底消失。母亲才不管我有多羞愧呢,她忽然激愤起来,把娃娃从被窝里拔起来,把奶头往那小嘴儿里塞。声气懒洋洋说借啥个不好呢,偏偏借人家的个脚程,去戴家梁这一路上山下坡,都是陡路,哪里能骑个车子呢?再说了舒尔布的那个腿脚,哪里能骑得住车子呢?这哪里是借车子使唤呢,是想拆毁你的铁驴子了嘛!不借,这个车子不能借!那一回马会元借去,明明说去川里的女儿家,结果呢,偷偷去了山里,车子还回来前后车胎都破了,光我们粘胎就没少花钱!还有柯存有呢,嘴甜得抹了蜂蜜,一口一个姑舅爸,借车子去兴隆卖羊皮,回来车座子被羊血糊透了,还不是我拿笤帚刷子洗了三遍!现在不要说跛舒尔布,就是皇上来了也不借!不,不要说皇上,皇上他老子来了也还是一样不借!这些话她是一口气说出来的,啪啪啪,机关枪连环开,中间没停顿。父亲被这排子弹打懵了。他身子往后缩了缩,靠住了墙,把袜子脱下来，揉着拐骨上那个鸡蛋形的骨头，说这天气啊，真是冷，愣是把我的雀儿蛋冻肿了，现在又疼又痒。母亲愤愤地说这么冷的天气，骑啥自行车呢？冰天雪地的，步行去不行吗？我们祖祖辈辈都是走着去瞅对象呢，为啥忽然要耍个洋牌子呢？父亲从脚踝骨上搓下一个泥疙瘩，他把那疙瘩碾碎在膝盖骨上，说你皮嘴呱呱呱，说够了没有？还没借给呢，你吵了个啥？母亲像逆风行走的人冷不防被呛了一大口灰尘。她咣咣咣咳嗽几声，把帆布包一把翻过来，倒出里面的所有东西，去，把这个给你外奶奶抱去，不许偷吃一个！这柿子给你爷爷奶奶留几个，他俩就爱吃个柿子！然后她自己抓一个柿子，用弟弟的尿布子蹭一下就塞进了嘴里。她活活地将一个柿子吞进了嗓子，好像八辈子没吃过柿子。父亲给气笑了，抬脚在母亲的腿腕子上狠狠地蹬，说小心着，小心噎死了！母亲气哼哼吐出一个籽儿，说噎死了不要你埋！

舒尔布咋就穿了一个红色的夹克呢？他已经到房门口了，已经掀起门帘子操门了，外奶奶在炕头上挪动着，用被子把她的一对儿碎脚苫住，说啊，谁家这么一个惹眼的大女子，有婆家了没有啊？我看着身道儿怪好的，头发黑油油的，要不我在我们崔家沟给说个婆家。我说外奶奶你说的媒多得你都记不清有多少吧，你早就足够进天堂了，咋还贪心不足呢？外奶奶说悄着，人家女子听着了！姐姐捂着肚子笑，说外奶外奶，你看这个红衣裳女子说给谁家男人合适呢?舒尔布款款地进来了。天气冷,我们白天只是把炕上的窗帘子搭起来,地下那个窗口的帘子一直垂着。光线昏惨惨的。舒尔布个子高,猛地进来,屋子里就黑下去一片。舒尔布甩一下头发,把苫住眼睛的长头发甩开一道缝,露出那张我们从小熟悉的脸来,双脚并齐,腰弯下去,双手齐齐并拢,给外奶奶作了一个揖,嘴里说赛俩目一坤,姑奶奶你好着吗——外奶奶眼神再不好,这会儿也看清楚来的人不是大女子,而是大小伙子了,她吐一点唾沫在指肚上,然后把眼睛沾了沾,把那一层迷糊扒拉开了,这才霍霍地笑,说你个舒尔布啊,咋悄没声儿就来了,吓了姑奶奶这一跳。姐姐捂着嘴无声地笑,给我挤眼睛,她的意思我明白,是说外奶奶太做作了。可是我怎么觉得姐姐的样子比外奶奶还做作呢。舒尔布过来在炕沿边坐下了。长头发,红夹克,喇叭裤,刚上脚的新布鞋,这些元素综合在一起,组成了一个怪怪的舒尔布。我从外奶奶的背后偷窥着这个蓦然间变得奇怪起来的人。他分明是变得陌生了。其实那五官还是我们熟悉的。我们牛家咀就这么大的一个小山村,撑死了也就四十户人家,大家低头不见抬头见,几乎是天天见,农闲的时候,就在担水的沟里见,拾粪的路上见。舒尔布在人群里又有着特殊的特征。我们可能不熟悉自己一双腿走路的具体样子,但绝对仔细观察过舒尔布抬腿、迈步、落地的详细动作。舒尔布的五官大多数人也直愣愣观察过。我们每个人都长着一副鼻子嘴巴眼睛眉毛和耳朵。大家有差别,可是很细微,细微到司空见惯,引不起别人的特别关注。舒尔布的眼睛里有一个萝卜花。仅仅是这么一片浮云一样的翳子,让第一眼看到他的人都会忍不住盯着他反复多看几眼。现在我就逮住那片淡白色的云彩看它怎么飘来飘去。我发现它其实不是死的,而是活的,在不断地跑来跑去。舒尔布说话的时候,舒尔布笑的时候,舒尔布咧嘴的时候,舒尔布舔嘴唇的时候,眼睛都要跟着撑大、眯小、扑闪、挤弄。那一片淡白的翳子在不停地奔波,一会儿往上边跑,一会儿向下面移动,一转眼又挤在右边眼角了。没钱嘛,要是遇在有钱汉家里,这翳子趁碎的时节就能动手术割掉。我记得父母好像这么议论过舒尔布的眼睛。舒尔布自然不知道这个家里的人议论过他身上的残缺,也许知道的吧。反正他已经无所谓了,那都是从前的事情了,说了也是白说,有什么用处呢,对于他没一点点实际的用处。他现在只是来借自行车的。长头发,红夹克,喇叭裤,我痴眼看着这一系列奇怪的组合。当时还没有出现一个词儿:新潮。后来想起来,当时的舒尔布算是我们庄里比较新潮的一个青年吧。外奶奶不知道这个人是来借自行车的。她以为他是来浪闲的。一个浪闲的人,一大清早来了,却不进别人的屋子,而是直接钻进了一个老婆子的房间,来了还一副不急于离去的样子,这让外奶奶有些摸不着头脑。这个精干明白饱经人情世故的小老太太也有摸不着头脑的时候?事情来得太突然了吧,外奶奶确确实实迷糊了。她一迷糊就把自己的裹脚布给解开了,当着舒尔布的面解开了。外奶奶的碎脚有多难看呢,比糊满牛粪的牛蹄窝还丑陋,别看外面裹得白白净净清清爽爽,但是揭开一圈圈白布,露出的一截子干枯变形的紫红色骨肉,会让第一次见这个的人惊诧好半天。舒尔布坐在了我家那把五个腿儿的圆木凳子上了,他把凳子往前拉了拉,凑近来看外奶奶的脚。外奶奶隔两天就要修脚,加上她天天洗小净做礼拜,这双脚算是打理得很勤快了。但是只要揭开白布,就能看到紫红色皮肉外面付出一层泛白的干痂,那是人肉磨出的死皮。外奶奶需要用刀子把这新冒出的皮削掉。三寸金莲啊……呵呵……舒尔布忽然一脸的笑,俯下身子看着,老太太,你这脚在老古时,可是很值钱的脚啊……门口传来梆梆梆的声音。姐姐早就穿戴整齐,下去扫地。我掀开门帘,不是猫,是风。风就是奇怪,明明在抠门,要进来坐坐,但是我打开门迎接,它们又远远地藏了起来。外奶奶的脸上忽然泛起一层甜蜜,她有些羞涩地把脚往回收了收,用被角轻轻盖上。舒尔布还在笑,又往前凑了凑,说我奶奶也是碎脚嘛,我打小时候就觉得碎脚好。这时候我发现外奶奶刚才那个收脚的举动居然只是个假动作。因为舒尔布这么一说,她又把被子掀开了,塌陷的嘴巴里忽然露出黑洞洞的牙坑,一抹笑意从前门牙的空洞里冒出来,噢,舒尔布,你是说……碎脚……不难看吗?外奶奶竟然连神色都扭捏了。姐姐刚好扫了半个地,站在炕前,不耐烦了,说你快点拾掇啊外奶奶,我等着扫你削下的死皮呢。听听她这口气,好像外奶奶每一回都能削掉好几斤死肉,而她早就因为打扫工作而苦不堪言了。外奶奶不理她,但是也失去了继续的兴致,忽然叹一口气,拉过被子重新把脚苫起来。刀子凿子等一套对付小脚死皮的工具被人冷落了,寂寞地摆开躺在一片白布上,那白布因为年深日久,早就不是白色了,上面布满了含义模糊的脏痕。外奶奶用凿子刮着刀背槽里的垢痂。这把带手柄的小刀很常见,是男人们剃胡子的那种刀,刀刃老了就在长长的剃刀布上磨。那把凿子却稀罕,一个深黑色的杏木柄上裹了一圈儿黄铜,黄铜浑身都是刺儿,这些刺儿圆润、细密,外奶奶每次削掉一层死皮,就用这凿子慢腾腾磨擦修理过的死皮。我偷偷用它磨过自己的脚底板,感觉痒酥酥的,磨得人心里直想笑。

姐姐一直扫到门口,扫了一堆破破烂烂的东西。一个身影在门口一闪,没进来,到大门外去了。那是母亲。一会儿她端着一铁簸箕打碎的炭块回去了。我从窗口望,斜着看过去,能看到父母居住的窑洞,那里的炉筒子里冒出一股白花花的烟。从这烟雾上我能判断出,母亲正在努力烧火,看样子早饭还没有动手做呢。外奶奶咳嗽几声,嘴里噙着一口痰,掉头找她的痰缸子。枕头边空着。那个布满伤痕的搪瓷缸子不见了。外奶奶脸都憋红了,冲着姐姐直摆手,嗓子里呜呜地喊着。姐姐一扭头跑出去,一会儿来了,右手夸张地伸出来,端着那个缸子。她像拿着一疙瘩火一样,迅速将缸子丢在枕头边。缸子里的黄土和外奶奶吐了一夜的痰都不见了,已经换了一层新鲜的黄土。外奶奶把下巴按在缸子上,吐掉痰,清清嗓子,指着姐姐的背影,说我把你个碎狐狸精,人还没长大哩,猴性子就压不住了,咋啦,嫌弃我的痰脏啦?不愿意伺候我啦?正好啊,我也想走了——明儿叫你先人用毛驴送我走!

姐姐的脸红了,红了一半,停止了,剩下半个脸变成了白颜色,她的脖子慢慢地硬了,梗起来了,没见她怎么用力,那双脚轻轻巧巧跳了几跳,走吧走吧,要走趁早走,谁稀罕伺候呢!人家早受不了了!话尾巴还没落地,辫子一甩,人已经跑出去了,只剩下门帘子在那里沉重地晃荡着。

我在姐姐没有划拉完的霜花上画着画。这些残余的霜花分布在玻璃的边角处。我画一朵梅花,五个瓣儿。再画一朵梅花,还是五个瓣儿。我只会画梅花。是外奶奶教我的。我说真的梅花长啥样儿呢?为啥总是五个瓣儿,不是六个,也不是四个呢?外奶奶说她也不知道为啥,她也没有见过真的梅花。我们在生活里总是会这样,往往执迷于一些我们没有见过的事情。就像这个跛舒尔布。他今天要去见的女子是个啥样的女子呢?非得他借一辆自行车去才行吗?外奶奶不知道这个人忽然来我家的意图。我也不知道。因为我这个年纪的屁孩子往往不知道人生的课题里有一堂课叫联想。如果我把昨夜从父母屋里听来的话，和此刻造访的人联系到一起，不用费一点脑细胞，我就能知道跛舒尔布一大早是来借自行车的，他要去瞅对象。他要瞅的对象在戴家梁。我们牛家咀去戴家梁，据说全是山路，自行车根本就没办法骑，只能去的时候推着，来的时候也推着。既然是推着，一点都不能骑，为什么还非得要个自行车呢？步行去不是更轻省吗？难道瞅对象就需要推一辆自行车去？又不是和自行车瞅对象！

炉子里的火慢慢地旺起来，铝皮壶里发出一缕细碎悠长的鸣叫，那是水变热了，随着温度升高，越来越像有一个女子躲在水壶里捏着嗓子唱歌。屋里也一点点一点点热起来。玻璃上的霜开始融化，我刚画完一个五瓣梅，指肚摁出的五个圆印就花了，凝成清水往下滑。转眼一朵梅花化作泪水流掉了。好像有一个我看不见的手，把刚刚盛开的花儿撕碎了，碎片随手扬在了风里。泪水越流越多，汇成了一道道，再这么下去要掉炕上了。我下炕去拿抹布。我看到舒尔布离开了凳子，斜垮着身子坐在炕边，由于身子扭过去和外奶奶说话，左脚的鞋脱离了。

看着这鞋我呆了。刚进门看见他穿的是新鞋。鞋面黑黢黢的，清一色，好看。但我没想到他的左鞋是这个样子。后跟是破开的，然后用一根麻绳拴着，看样子穿的时候就是捆绑在脚底上。他的跛左脚露出来，像个死去的老猫，又像一个发黏变形的大萝卜，隔着尼龙袜子能看到袜子被撑到了无限大，前面的五个指头拧成一把，往后弯曲，脚后跟几乎是没有的，整个脚不是像我们一样竖着往前摆，而是呈现出一个横着的姿势来，这一横，显得费力而狰狞。脚心里还捆扎了两道麻绳子，不知道是为了纠正脚型呢还是为了配合鞋子？我悄悄爬上炕，一边擦玻璃，一边在心里想着那个脚。它竟然和外奶奶的三寸金莲有点相似之处，都是扭曲了变形了，都是没法正常穿鞋，都看着有点吓人。我看到窑洞炉筒里的烟色淡了，一束浅蓝色在徐徐往外飘。说明饭做进锅里了。会是啥早饭呢，滚黄米米汤熘馍头还是蒸莜麦面面鱼儿拌酸菜？早饭一般都这样，简单，快捷，没有值得特别想象的惊喜。

你们那时节都是多大了缠脚呢？舒尔布在问。外奶奶偏着头想了想，好像这是个很重要的问题，一点都容不得潦草，她需要在心里把答案整理出一个头绪来。五六岁，六七岁，最迟不超过九岁，要趁骨卯儿嫩赶紧缠嘛，再大点就长硬了，缠不下去了。嘘——舒尔布吐了一口气，那得多疼啊，姑奶奶你疼了吗？忽然手一滑，一个钉子头蹭到了手，疼得我丝丝丝吸凉气。回头看，外奶奶的脚又从被子下露出来，她的手在脚上比画，从这里开始，五个指头里把四个抓紧了一把压下去，折得骨头咯巴巴响呢，然后就紧紧缠住了。从她那老硬得干木头一样的脚上，我实在看不出当年的鲜嫩和疼痛。但是舒尔布好像看到了，忽然大大舒一口气，肯定没少受罪——姑奶奶你太不容易了！

你这个三寸金莲在你们那时节是最碎的吧？舒尔布的红色夹克衫敞开着怀，夹克是新的，里面的毛衣是旧的。那个毛衣我认识，春天干活的时候穿在他妈身上，后背上还好几处刮破了线，他妈不会接，直接用破布补了，针脚粗得像一条条蚰蜒爬在那里。幸好有夹克在外面罩着，只要不脱夹克，不知道底细的人，谁也不会知道他光鲜的外衣里穿的是那么破旧一件毛衣。就像外奶奶说的，人人都说三寸金莲好看，有谁知道是怎么用眼泪换来的。能淌一缸眼泪啊，我记得外奶奶曾经感叹过。说实话，自从马世清他妈——我们庄里唯一由时代遗留下来的碎脚女人——去年害病口唤后，我们庄里彻底结束了关于碎脚的记忆。外奶奶带着一对碎脚来做客，让娃娃们看了觉得很新鲜，大人们的反应却普遍寡淡得多，他们之前见过，没啥奇怪的。外奶奶来了这些日子，很少有人能认认真真花时间和她讨论讨论这对儿残存在人世的碎脚。难得舒尔布这么当回事。

外奶奶看舒尔布的眼神也不一样了，口气也不一样了，拉着他的手说地下冷，脱了鞋到炕上来。舒尔布自然不肯。外奶奶说起了她小时候拐着碎脚经历大地震的事。说实话，这些事我和姐姐早就听腻了。外奶奶瞌睡少，夜里醒得无聊，喜欢把我们捅醒了听她絮叨，一会儿孩童时候，一会儿少女年代，一会儿变成了女人，再一会儿又是奶奶了，后来就成了李家门里岁数最大的太太辈儿。我们正是被瞌睡虫缠着的年纪，哪里有兴趣听她唠叨这些呢，尤其夜深的时候，听一个只剩下五颗半牙齿的老奶奶嚅动着嘴巴回忆旧事，那感觉真的就像我们在后山放羊时不留意钻进了一个黑乎乎的地窖子，走啊走啊，撞得一头一脸的灰尘，就是走不出头，急得要哭，哭不出来。外奶奶从来不在我们父亲面前修理脚，只要父亲在门口咳嗽一声，她就赶紧把脚藏起来。一般的生人更不会看到外奶奶的脚。这个舒尔布特殊了，特殊得离奇了。我注意到窑洞里的炉火完全淡了，在清晨凉飕飕的空气里，那缕烟轻得像一个残留的没有做完的梦，轻飘飘浮在半空里，被冷空气托起来，不知道飘到哪里去了。我们厌烦外奶奶的脚，就跟厌烦她这个人一样。如果说厌烦她有三分，那么厌烦这对儿碎脚占了七分。臭脚！姐姐总是会背着外奶奶悄悄地不无嫌恶地嘀咕。其实那对老脚真的比我们的这脚丫子好闻多了。我们十天半个月都不洗脚，这对儿肉嘟嘟的大脚板不要说穿袜子，有时候情急了鞋也不穿就满地满院子跑。外奶奶像我们嫌弃她的碎脚一样嫌弃我们姊妹的脚。尤其我们偷着穿上她的碎鞋到处跑的时候。有一回有人来请外奶奶去他家里吃油香①，外奶奶下来满世界找鞋，那对青绒尖头鞋竟然活不见人死不见尸。外奶奶总不能穿着另外的一双旧鞋去别人家浪吧。她才不是那种邋遢的人呢。外奶奶就不

---

① 油香：俗称油饼，油炸圆形面饼，是回族的传统食品，每逢开斋节、古尔邦节、圣纪节或者纪念亡人的时候，家里来了贵客，一般都会炸油香以示欢迎或者庆祝。

去吃油香了,坐在炕头上抹眼泪。眼泪一下来,鼻涕跟着下来,嗓子里的痰也多了。等姐姐唰踏唰踏迈进门,外奶奶趴在炕沿边斜眼觑着。姐姐大剌剌走过去说外奶奶你咋啦?哪里不舒服吗?我呸——一口白乎乎的浓痰从那软塌塌的嘴里射出来,端端落在姐姐鼻梁上。不容姐姐表达惊奇,呼一声,拐棍跟孙悟空的金箍棒一样从身后扯出来,直往姐姐头上招呼。姐姐的额头当时就鼓起一个明晃晃的包。姐姐没敢哭,因为外奶奶先姐姐一步哭了,这是前所未有的事,姐姐被完全镇住了。

　　舒尔布说你们那一辈儿人啊,都是刚强人,吃的苦多,受的罪多,但是我奶奶那时节经常跟我讲呢,说你们那一辈儿人都活得心性儿高,活出了我们现在的人没有的东西。我痴呆呆看着。我已经对霜花没兴趣了。兴趣在眼前这一老一少身上。他们像一对相见恨晚的朋友在促膝谈心,外奶奶还把关节鼓胀的老手在对方膝盖骨上拍了拍,你说得对对对儿的,我们那时节的人就是和现在的人不一样!外奶奶正要拉开架势述说这不一样,门口一暗,姐姐进来了,手里端着个盘子,里面一排溜儿是四个小碟子。一碟咸萝卜条儿,一碟腌蒜,一碟腌韭菜,一碟辣椒面子拌酸菜。说起我们家这下菜,可是有讲究的。外奶奶来之前,我们家吃饭很少有下菜,就算有,也是捞一碟子咸菜,摆在那里大家抢着筷子随便夹着吃。外奶奶一来看不惯,说这哪是配饭的下菜呢,简直是在喂鸡,叫旁人看了会笑话的。

下菜下菜，那就不只是让你吃饱肚子的菜，没必要大碟子海碗地装，而是要小，要精，要显出有味道。这不，就配了四个手心大的碎碟儿。母亲终究嫌麻烦，每顿饭只给外奶奶这里配四个下菜，母亲和父亲还是一大碟子咸菜，想怎么吃就怎么吃，没有什么规矩。父亲也看不惯外奶奶那种讲究，说啥嘛，忙得人要死，有工夫那么折腾不如眯上眼打个盹儿！我们又不是地主老财家，瞎讲究！母亲说你敢把这话到我娘跟前说去，我跟你抹脖子。吓父亲一跳，好好好，不提了，不提了，你娘是地主的小老婆，我知道她最忌讳旁人提这个茬儿。

现在地主的小老婆竟然和舒尔布说起了她当初从一个一般人家嫁到地主家的前后经过。这个新鲜，我隐约从母亲嘴里听到过一点，但从没有听当事人亲口说过。外奶奶说起这一茬就很感慨，一咏三叹，一波三折，把舒尔布听呆了，我更是傻了。母亲端着一个大木盘子进来了。香味侵入鼻子，把咸菜味儿压下去了。外奶奶一看女儿来了，脖子一噎，收住了。舒尔布站起来搓着手，跛脚在地上一闪一闪往后退，冲我母亲笑。母亲笑笑，说舒尔布啊，你好着呢么，快吃饭，早干粮！舒尔布身子绷得直直的，说不吃不吃，早吃过了。外奶奶忽然把一碗饭往他手里塞，神情恶狠狠的，说碰上五谷不吃，有罪哩，你得吃！就算不吃，也得尝尝！外奶奶的这种蛮横既亲昵又执着，能让人感觉到她强烈的诚意，又是那种不容推辞的热情。舒尔布只能乖乖地吃。外奶奶真是好像遇上知音了,吃饭的工夫也不放过讲故事,害得人家舒尔布不能好好吃饭,一口饭嚼在嘴里好半天,竖着耳朵,带着微笑,听她说话。舒尔布一低头,那头发就顺着前额溜下来,把眼睛堵住了。舒尔布不用手帮忙,而是把脖子忽然一甩,那下垂的头发就受惊的一窝雀儿一样,呼啦啦全部飞起来,掠到脑后去了。可惜这窝雀儿实在淘气,刚惊飞,舒尔布头一勾,它们又无声地滑落下来。我抬手把自己的头发往耳朵背后捋。捋了一遍,再捋一遍。其实我这点雀儿尾巴,扎在脑后细巧巧的一点儿,刘海短得连额头都没有覆盖住。我为什么要一遍遍往后捋头发呢?我难受哇,看着舒尔布的头发比女子娃还长,不断地把眼睛堵住,我看着着急啊,心里毛茸茸的,感觉像有一千个毛爪爪在我心里乱挠呢。舒尔布却不难受,他吃一口,甩一下头,再吃一口,再甩一下。外奶奶眼神不好,却还是看出了麻烦,她透过那一缕扇形的黑发,试图去捕捉舒尔布的眼睛,说娃娃你明明是个男人啊,为啥要留这么长的头发呢?你这样子究竟算个男人呢还是算个大姑娘?你说你这个样子,要瞅个对象都不容易吧,人家肯定会吓跑的。舒尔布狠狠甩一下头,这一回甩得彻底,那撮子头发飞起来,直接搭到头顶上去了。却终究是搭不住,重新跌着跟头栽下来。舒尔布的眼睛从头发丛里露出来,瞪大了,说姑奶奶你不知道,现在的年轻人啊和你们老古时不一样了,现在的女子就爱个长头发,喇叭裤，还爱骑着自行车去街上逛，嘴里嚼着泡泡糖，心里想着瞅对象……

一个咳嗽声在门外响亮地传来，同时伴随着辐条擦过车圈那清脆铮亮的声音。门帘一动，我看见父亲进来了，舒尔布啊，你是来借自行车的吧，在院里呢，你快推走，不要耽误你大事儿。父亲什么时候都是一副心平气和的神态。舒尔布把最后一口汤灌进了嗓子，跛脚麻利地点了几下，人已经在门口了，姑奶奶，我先走了噢——外奶奶着急了，你消停吃了再走嘛，急啥？啥事这么急呢？看样子她还给他预备着第二碗呢。但是舒尔布怎么都不留了，几乎是扑闪着出了门，车轮粼粼，已经出了大门。舒尔布一走，我们的屋子里竟然有点空，姐姐过去坐在他刚才坐过的地方，把外奶奶留下的那一碗饭端起来，毫不客气就往嘴里扒拉。外奶奶盯着看了几眼，忽然叹一口气，现在的社会啊，女子娃要成老虎了，吃饭狼吞虎咽，没个人样儿，这要是给人家当了媳妇……姐姐提起空碗噔噔噔走了，脚步重得恨不能把地面踏出一个洞来。

晚饭后我们不像平时那样早早就锁大门，母亲把驴屉子堵在玻璃外了，大门还是开着。父亲在院子里转动，咳嗽一声，又一声，好像他已经是个小老头了，嗓子眼里满满地塞着的都是浓稠的痰。第二天傍晚，我们还是很迟才锁大门。第三天还是个阴天，冷风像一群碎嘴子女人在吵架，唠唠嘈嘈掐了一天，傍晚的时候阴得越重了。地面上的一切都土沉沉的,母亲把驴屉子又堵在我们的窗户上,扭头望着崖顶上刺丛里跳来窜去的麻雀,说天气越变越冷喽,雀儿也要遭罪喽——父亲好像不冷,光着新剃的头皮在南墙根下走来走去。母亲把大门合上,要上锁了。父亲忽然气冲冲的,说就晓得锁门,还这么早啊,锁个啥?难道贼能把你偷去?也不看看你都老成啥样儿了,就是送给人家贼也看不上,人家还嫌背着重呢!父亲的行为反常得离奇了。我和姐姐也没有早早就钻进被窝里,我们跟在父亲身后,在地面上走来走去。抬头看天,脏乎乎的灰云在头顶上沉默,看脚下,是我们熟悉的土院子。日子就是这个味道,很多时候乏味得像一笼因为严重缺碱而没有发好的馒头,看着寡淡,嚼在嘴里同样没味。母亲被父亲的话打懵了。她怀里抱着那个顶门棒子,忽然身子一斜靠住门,吃吃地笑,说好好好,我错了,我错了还不成吗?不锁门了,将门拉开,大大地张着。夜色从门口挤进来,我们的院子顿时比刚才又黑了一层。我能看到母亲脸上一直保持着一抹笑,她就那么笑眯眯地回屋了。父亲却像被这笑意刺激了,他受不了了,噔噔噔撑着进屋。父亲一贯的冷静平和哪里去了?我闻到了裹在暮色里的异常,赶紧撒开腿也跟进去。窑洞里既是我们的厨房,也是父母的屋子。他们一直在这里睡觉,睡出了我们一连串的娃娃。他们还在这屋子里打架、斗嘴、打嗝、放屁。只不过自从外奶奶来了之后,我和姐姐就被分出去了,他们吵架的时候也会把门关上了。父亲说啥意思？讽刺我啊？父亲的声音像换了一个人。母亲斜着身子过去一屁股顶上门，长长地冷笑一声，洋火刺啦一响，一束火闪了一下。灭了。母亲说自作自受，活该！刺啦，火苗又闪了一下。又灭了。父亲说我愿意，你能咋的？活活地气死你！说着他扑上去了，好像在打母亲。刚擦亮的一根洋火又灭了。我急得要哭，这一对冤家，说打就会打起来，一点也不稀奇。但是母亲热热地笑了，黑暗弥漫，我的心也在颤抖，这笑意温柔得诡秘。母亲说你要死啊，不是你愿意把自行车借给人家吗，又不是我借给的，你凭啥找我麻达？我冤枉啊——扑哗——终于有一根火柴完全亮了。我赶忙借着光亮打量父母，母亲稳稳地端着灯盏往炕上走，父亲垂着手坐在炕边上，摇着头说咋办哩，老婆子你说咋办哩？我觉得疑惑，刚才还打斗呢，这么快就没事了？父亲又是那个冷静平和的乡村雇佣教师了，他像讲课一样叹一口气，怀着深深的忧虑，说借的时候明明说只借半天啊，这都借去几天了？三天了！戴家梁用得上来去走三天吗？我的自行车啊，我新新的自行车啊，我七个月的工资才买来的自行车啊，这要是出了啥问题，把哪里绊折了，我靠啥上班呢？我总不能步行去吧，来去十五里路呢，我不容易啊我。母亲把弟弟抱在怀里喂奶，空出的那个手揉着饱胀得冒奶的奶头，说干脆给学区主任说说，把你调回来算了，南台那个地方有点远，你到咱庄里教，一方面能帮家里干点活，另一方面，省得你来来去去跑路。母亲好像能预知到父亲的反应,她饶有兴味地歪了头等待着。果然父亲毫不犹豫地摇了摇头,不行嘛。教书还是要在外庄子好,我们本庄都是熟人,人家的娃娃不好管教嘛,打也不是骂也不是……母亲忽然愤愤地打断他:是舍不得花喜鹊你就明说嘛,还跟我在这里绕弯子!你们这些肚子里喝了半两墨水儿的人就是花花肠子多,把我这种直肠子人当瓜子哄哩!谁不知道你自行车后面来来去去都捎着她呢……也好也好,我倒是盼着跛舒尔布把那车子给骑到阳岗壕里去呢!最好绊成一堆零碎儿,我看你再拿啥给我骚情!

毫无征兆地,父亲抬手给了母亲一个巴掌。这一巴掌端端正正打在了嘴巴上,像一个封印,顿时把母亲那幽怨怨毒的嘴巴给严严实实盖上了。母亲咯咯地抽噎了几声,却没有哭,把一腔悲痛咽进了肚子。大门口传来声音,是自行车把碰在门关上的脆响。父亲像听到了世界上最美妙的召唤,几个箭步冲出去了。母亲才吐出一口哭音,哀哀地说死鬼,就知道你心里紧紧捂着一个花喜鹊!

我的眼前显出一只周身乌黑,只有头顶和尾羽翅膀尖上羼杂着几根白羽毛的喜鹊。喜鹊常见,喜欢在杨柳枝头出没,尤其喜欢在老柳树棵杈里垒窝。一大清早迎着日出喳喳地叫,在谁家屋顶就是在向谁家报喜。但是它们又很阴险,能神出鬼没般叼走刚出窝的鸡娃,叼住不吃,把脖子扭断了,再去袭击下一只,直到被人发现撵走。喜鹊明明是黑的嘛，咋又叫个花喜鹊呢？而且这个花喜鹊吧，我知道不是天上飞的那种鸟儿，而是指一个女人。父母没少为这个女人吵嘴。外奶奶来之前，他们公开大吵了一回，母亲捏着擀面杖，父亲捞起来一把铁锹，父亲叫母亲皮嘴不要再硬，不然他就打烂那张胡说的嘴。母亲让父亲有本事进来把她劈了，她要给那个花喜鹊把这一腔子血泼了去。他们最后自然偃旗息鼓重新和好了。但是就像有一颗炸弹埋在了生活里，谁也不知道哪一天哪一刻因为哪一件鸡毛蒜皮的事儿，忽然就触动了母亲情绪的机关，她就会气哼哼提起那个花喜鹊，然后找茬儿和父亲吵一吵。吵一吵能把花喜鹊咋样呢？好像一点损害都没有。据说父亲还是会在去学校的路上停在邻村的某一家门口，等着那个打扮得水灵灵的女人出来拧着屁股坐在车座后，然后两个人有说有笑蹬着车子往学校赶去。据说父亲很疼那个女人，有多疼呢，遇上上坡路了，一般人都是下来推着车子走，父亲却不叫花喜鹊下来，他像老牛一样吼吼吼蹬着车子，硬是要一口气冲上那道漫坡，花喜鹊像个真喜鹊一样咯咯咯地笑，笑得耳垂上的一对耳环子乱颤。目睹者把这情景描述给母亲，而且不止一个人在这么说。这叫母亲情何以堪啊。母亲曾经撒着泼要去学校闹一场，但是她又怕为此丢了父亲那雇佣教师的半碗子饭。最后她决定去花喜鹊和父亲上班必经的那个路上堵截。当然最佳地点就是那道传说中洒满笑声的漫坡了。母亲最后去了吗？去了。具体是一个天气不错的早晨。父亲推着自行车从平路上走了,母亲背着一个背篓,她借着拔草的理由出了村庄,沿一道陡坡斜斜插过去,最后截住了绕路然后捎着花喜鹊过来的父亲。母亲为了不让父亲一眼就认出她,她换了一身早年穿过的很旧的衣裳,脸上的头巾拉得很低,她蹲在路边拔草呢。她都已经想好了对付的办法,忽然冲上去,把那个坐在车后的狐狸精给一把扯下来,然后狠狠地踩上几脚,如果对方身体强壮,反过来还手,母亲就准备用铲子对付她。母亲还是相当泼辣的,常年干农活儿,她的身体也还不错。那条路是大路,来来往往的自行车不少,时不时就听到一串仓啷啷的铃声。母亲有些怅然地望着过来过去的背影,心里一遍遍设想着将要上演的宏大热烈的搏斗场面。那一刻的母亲需要一种力量,借助这种力量来支撑她继续等待下去。事实上她一来到那里,就像一个吹得鼓胀的气球开始了泄气的过程。她硬撑着不能叫自己退却。她不仅仅要给自己一个交代,也要给那些说三道四的女人们一个交代。她需要做出一个女人最正常不过的反应。如果她打了花喜鹊,大众的舆论肯定是向着她的,至少不会谴责她,这场搏斗中,她是站在道德的制高点上的。她应该自信,应该理直气壮。她不应该这么心怂啊。事实上那天母亲最后背着高高的一背篓草回来了。草太高了,用一根捎绳子从前捆到了后,她的头就隐在绿草背后,直到挨进大门哗啦一声把背篓蹾在地上。我们才看到一张灰沉沉的脸从草丛里冒出来。那是一背篼好草。村庄附近的草早就被大家搜集割完了,哪里还能找到这么鲜嫩又柔软的好草呢?草里夹杂着蓝色的牛铃花,紫色的鸡蔓花,淡粉的打碗碗花。那一年我们家姐妹都小,不知道这一天和平时任何一天有什么不同。后来父母吵架,母亲自己提到了她的这一次行动。母亲说你果然捎着那个狐狸精,只是、只是你们为啥都静悄悄的,不是说有说有笑吗?上坡的时候她下来了,你推着车子,她还在后面给你揉着……父亲当时蹲在炕上吃煮洋芋,惊得他一口气把一颗洋芋给囫囵咽下去了,咽下去噎住了,噎得眼泪扑刷刷淌,喊母亲给他捶捶背子。母亲舀一碗凉水,父亲大口吞咽了一碗凉水才把洋芋冲下去。他眼里的惊讶也被这个过程折磨得没剩下多少,他叹一口气,说你们女人啊,真是又难缠又难懂,叫我给你咋解释呢,给你说过多少回了,我和她啥事都没有,就是顺路给带一带嘛,人家虽然是个寡妇,但好歹是正式教师,又有儿有女的,哪能看上我呢?再说我这不也是有家有室了吗。事情说到了这一步,母亲好像失去了继续闹活的兴致,气氛都变得索然寡味了,再提那个女人,一切更没意思了。母亲抹了眼泪,和父亲讨论起明天的生计来。

  但是事情过后,谁也难以预料,哪一天的哪一刻,因为哪一件小事儿,母亲忽然就会好没来由地又一次提及那个花喜鹊,并为此和父亲斗一回气。母亲反反复复的。就在这反复中,她明确了一个方向,父亲最好调回来,到我们村里教书，就会从此和那个花喜鹊撇清关系吧。父亲的态度一直不明确，只是拖拖拉拉黏黏糊糊的，一会儿说调动不容易，自己又是雇佣的，哪能那么容易调动呢；一会儿又说那个学校好，除了每个月四十块钱的工资，冬天还能分几袋子烤火的炭呢，调过来未必会有这待遇；一会儿他又说本庄里教书不好，都是熟悉人，谁家娃娃也不能打骂，不打不骂，又咋能把娃娃教好呢？就这么着，父亲一直拖着，母亲记起来了就催一催，有时候借此洒几滴泪，哭一哭，闹一闹，说一说自己一个人在家里撑着生计的艰难，然后父亲软下性子哄一哄，第二天两个人又回到了原状，男人推出自行车去学校，女人开始炕上一把地下一把操持家务。

父亲是个爱干净的人，用我们村里人那不无调侃的语气来形容，那就是个"讲究人儿"。父亲不仅自己讲究，对自行车更讲究。这车子有很多年了吧，但是当初买来的时候，他就用两盘软塑料胶带把横梁、三角梁都缠了。一圈儿一圈儿，密密地缠裹起来，直到纯黑色清漆上面的淡金色花纹都不见了，车子像个打着裹腿的人，所有的骨头上都裹了绷带。他还叫母亲用粗粗的尼龙花绳子做了两个五彩的花穗子，分别从两个把手的两端垂下来，像从干瘦的嘴巴里吐出的长长的舌头，蹬着车子跑起来的时候，穗子在风里随风舞，往往能舞出一道妖娆和鲜艳。父亲一回来就蹲在地上擦车子。尤其回家的路上有一道沟，沟里有一条河，虽然他总是把车子架在肩头蹚水而过的，但总难免有泥水沾在车轮上，继而带起更多的软泥，塞在链瓦里。父亲一回来就用一把改锥掏链瓦，然后搅动着轮子，把车链一节一节掏干净。恨不能在车身上绣花！母亲有时候看不惯那一份细致和细心，愤愤地讽刺，她希望父亲把对自行车的那一份执着能分散一点点给家里的活儿。有一天父亲的自行车上果然出现了花儿。本来父亲的车座子用一片丝绒布做的套子护着。套子是母亲做的。母亲一直念叨着说要做一个绣花的套子，因为那几年流行在车座上套绣花套子。母亲嘴上一直在说，就是没工夫把活儿拿在手里赶出来。忽然一天傍晚归来，父亲除了背着一身晚霞的余味，他推着的自行车上那个丝绒车套不见了，取而代之的是一个鲜艳至极的绣花套子。我们的目光都被吸引了。我们破天荒对父亲口袋里的糖果没了兴趣，直接凑过去围观车座。母亲肯定也看到了，但是母亲好像已经预知到了怎么回事，她不像我们这样轻狂，容易被好奇和激动怂恿，她还是站在门口，脸上那一抹笑慢慢地变了味儿。夕阳涂抹在她脸上，像抹了美美一大把鲜血，母亲的脸上在流火。我和姐姐争抢着摸索那个套子，深粉色布面，上面用花线密密地绣了一层花，针线不错，一针一针挨得很紧密，平整，光洁，没有乱线，也没有串线，几波水纹，一茎荷花，叶片半舒半展，一朵花儿很深情地开了，花瓣从边沿到花蕊，淡粉套着深粉，浅红衬着大红，花蕊上点缀着一簇新黄。

我的手直奔主题，抚摸着花心。啪——姐姐一巴掌打过来，狗爪子多脏，看看，多艳的花儿，被你给弄脏了吧！我摸着挨了打的手，还是舍不得花儿。姐姐的手还是很脏啊，可她怎么能抚摸花儿呢？我们很快争吵起来，吵得不可开交。忽然屁股上火辣辣疼起来，惊得我俩四下里乱窜，母亲手里的烧火棍抡得风响，没见过世面吗？一朵破花儿就把你们迷住了？谁知道在哪里拈花惹草弄来的东西，不干不净的！这话骂得好没道理，我和姐姐听得一头雾水。父亲背搭手在院子里慢慢地走，忽然咳嗽一声，再咳嗽一声。听声音他嘴里噙着一大口痰，但是他没有吐出来，硬生生给咽下去了，说不就是个套子吗，老苏老婆绣的，老苏说他的车子太旧了，可惜这新套子了，就送我了，好马配好鞍嘛，恰好这套子和我的自行车般配嘛。母亲也咳嗽了一声，她咳得很剧烈，眼泪也出来了，她抹着眼泪说今儿南风啊，灶膛里打倒烟，呛死个人了！转身进屋做饭去了。我和姐姐就是那没记性的狗娃子，屁股刚疼过，我们就又凑到车子前去看花套子了。得承认这个套子真的好看，不是一般的好看。我们的母亲也绣过花，花枕头，花围裙，花鞋，母亲的花儿绣得还算好，可是和眼前这套子比，母亲的绣品就太粗糙了，针脚输了，色彩的搭配也输了，让人觉得母亲那就是一个小村姑有心无意随手做出来的，这个套子却是花了十二分的心，一针一线都紧扣着心思赶出来的。父亲擦完车子进去了。姐姐不再满足于用手抚摸了，她眨巴着眼睛。你说这么软的套子，沟子坐上去咋样？她不等我给出答案，就已经踩着车子往上爬，她真的叉腿坐到了车子上。车座子太高了，她喊我帮她扶着点儿，别栽倒。我双手牢牢抓着车子的横梁，车撑子一点点陷入泥土，不知车身上的哪个关节像骨头一样咯吱吱响着。姐姐像个瘦猴儿一样高高地坐在了宝座上，她一掠头发，太美了，新套子，软得我沟子都疼啊——她在感叹，她的样子有些油痞，我觉得她就是个小流氓。扶牢点我下来！她挎着腿往下走。可是车子不再那么乖顺地配合了，它全身的关节好像活了，扭捏着颤动。我手腕子软得厉害，姐你快点啊，我扶不住了——车子好像被挠了痒痒，屁股一拧，一头栽倒了。姐姐和车子倒在一起。姐姐没有叫，车子惨叫了一声。哐——地面被砸了好几个坑，车把和脚踏子同时戳出来。姐姐顾不得管自己，赶紧爬起来搡车子。我们俩使出了吃奶的劲儿，才算把这匹铁驴子弄起来，扶着它像原来一样站好了，我们赶紧开溜。躲在门背后，姐姐才开始哭，她的右胳膊肘子蹭掉了巴掌大一块油皮，露出黄灿灿的油，油上面渗出一层血汪汪的液体。晚上父亲把车子往窑里推，发现脚踏子歪了。父亲心疼得直咬牙，用扳子纠正了好一会，母亲在一边警告我们，谁再敢乱动自行车，就打断谁的腿子。绣花的套子，随着父亲的屁股一天天骑在上面摩擦，慢慢地变脏了，旧了，父亲卸下来洗过一次。有一回父母闲聊，父亲说老苏想找个寡妇，老是一个人过日子，吃饭不香,睡觉凄惶。母亲不动声色,问老苏老婆啥时候完的。父亲毫不犹豫说好多年了,那时候老苏小儿子才上小学呢,这会儿都考上师范学校了。母亲叹一口气,望着父亲幽幽地看。看得父亲头发一根根爹起来,说你好好的又干啥?瘆人得很。母亲说世上有几个老苏?父亲说一个,我认识的就一个。老苏在世上有几个老婆。父亲说一个,我知道他这辈子就娶了一个,老婆刚完了那几年动过心思,想再续一个,可是他和我一样,雇佣教师嘛,穷日子限制,所以拖到了今儿。母亲再也没心情继续埋地雷了,直接拉引线,说那个绣花的套子,是老苏老婆做了鬼以后在后世里绣的吗?要不就是老苏绣的?母亲把一抹冷笑压进了眉梢。她抛出炸弹,却不想看父亲被瞬间炸得丢盔弃甲的狼狈嘴脸,说不就一个破套子吗,用得上鬼鬼祟祟东拉西扯吗?父亲笑。只是笑,搓着手笑。

我从炕上溜下赶忙穿鞋,母亲做的棉窝窝保暖性还可以,就是穿起来太麻烦,开口太狭窄了,等我把一对儿肉肉的圆脚挤进去,跑出门,父亲已经在锁大门了。自行车像个夜归的人,站在院子里一言不发,半空里的飘起了雪。父亲把车子扛进屋,把灯盏端到炕沿边,他借着昏黄的火光开始擦车子。他先大概查看了一下整体情况,确定这是我家那辆飞鸽牌自行车无疑,然后用一把改锥撬链瓦里的雪泥。天气滴水成冰,这车子一路回来,那些泥水早就冻得硬邦邦的,尖嘴子改锥也撬不下来。母亲把灯盏往炕里挪挪,她要借着灯火给弟弟捉虱子。父亲忽然震怒了,说把灯捻子挑大点能死了你啊?穷索鬼!母亲好像早就知道父亲会这么骂,她早就在等待这句话了,所以她很顺口就接了茬,明儿个再拾掇不成啊?反正已经被绊成了破车,用得上这么伺候吗?都伤筋动骨了,你再怎么保护皮毛都是枉然!奇怪的是父亲没有生气,他好像个理亏的娃娃,一屁股坐在地上,很颓然地丢了改锥和扳子,说跛舒尔布这个狗日的啊,真不是个东西。你看看,这哪里是骑车子呢,简直就是糟蹋车子嘛,把手歪了,脚踏子斜了,哎呀,链瓦松了,这里瘪了,肯定是石头垫了!还有这个螺丝呢,差点就掉了嘛!还有这个辐条呢,生生地断了一个嘛!唉唉,这车子没法骑了,我得去街上大修啊——都成这个怂样子了,我还保养啥呢?父亲破天荒不保养他的自行车了,爬上炕包了头睡。

母亲将两个大拇指指甲盖对着挤,挤得啪啪响,说哪来这么多虮子?娃的线衣换了才有几天呢?父亲把头从被子里探出来,吐一口浊气,你说,舒尔布的对象瞅成了没有?母亲说我哪里晓得?我只晓得他借了你的自行车,说好的当天晚上就还,这一拖就是三天两夜,我敢肯定他把车子绊了,绊了就不敢还回来,推到街上修理去了。你说这么一个连自行车都捉不稳的人,谁家女子能看上他呢?父亲把双手压在枕头下,像个大干部一样睡着,望着头顶上母亲投射的那个巨大的黑影子,说我就是不明白啊,舒尔布不就瞅个对象吗,为啥偏偏要借个自行车推上呢?这山路哪里能骑车子呢?来来去去都推着车子,不是给自己找罪受吗?

母亲狠狠地挤一下,吧唧一声,脆响。母亲恨恨地说算是逮着这个母虱子了,原来藏在这里!父亲说舒尔布好像经常在瞅对象啊,咋老是不成呢?母亲下去洗了手,上来坐好了,才消消停停说你是站着说话腰不疼,舒尔布的腿子跛成那样,一般的女子哪个能看上他?人残疾也就罢了,家里穷得比狗舔了还干净,穷得屁腥气呢!现在啥最值钱?啥最体面?不就是缝纫机、收音机,还有自行车吗?难道他瞅对象能背一台缝纫机?能带一台收音机?再说谁家会借给他呢?只能推一辆自行车了嘛,你想想吧,把新崭崭的车子往女子家院子里一靠,谁眼前不会一亮呢?比穿两身新衣裳都体面!舒尔布人跛,心眼不跛啊,他也需要一个撑面子的东西嘛。

父亲一骨碌翻起来,瞅着母亲笑,哎哎哎,我咋才发现你这么厉害呢?你脑子不是一般的复杂啊,你要是念过书,肚子里有知识,我看还是个当官儿的材料呢,肚子里都是弯弯道道嘛——母亲瞅一眼地下那个孤独地矗立着的铁家伙,忽然就心情糟透了,睡吧睡吧,还有闲心说笑呢,想着明儿早上咋修理你的铁驴子吧。万一伤得严重,横梁啥的断了,就算勉强修理了,也肯定不能再捎你的花喜鹊了。这句话像一苗针戳进了一个刚刚吹大的气球,气球顿时泄了气，软软地瘪下来。父亲乏沓沓趴在枕头上，说跛舒尔布啊，害死我了——把我的一个坐骑给我绊成个残废了嘛。你说不借嘛，他大愣愣一个人跑来借，坐着不走就是要借，我们咋能硬得下心肠不借呢？借给嘛，就是这下场！

父母要关门了，我起身离开回外奶奶的屋子。

从窑洞到前面的屋子，短短十几步距离，等我一步一步迈过去，推开门，已经顶了满满一头雪，回手关门的时候，我看见外面的世界被雪光映得一片白亮。而屋内，一盏油灯幽暗地闪烁着，外奶奶盘腿坐在灯下，她努着嘴巴，正在全身心投入地修理她的三寸金莲呢。

1987年的浆水和酸菜

羞脸鬼,羞脸鬼,端个瓦盆要浆水。

这是我们编的顺口溜儿。

快做晚饭的时候,二奶奶来了。她个子小腿短,走路慢悠悠的,微微撇着脚。她的鞋永远是不会穿起来的,不管是烂鞋还是刚上脚的新鞋,她一律将后跟踏倒,像拖鞋一样耷拉着。奇怪的是她这个样子走路,竟然没有一点声息,像一只猫儿在轻轻走过。我也曾将自己的鞋子故意踩倒试过,一迈步鞋子在脚后跟上拍打着,呱嗒呱嗒作响。有一回她脱了鞋坐在我们家炕上和我妈说话,我乘机穿了她的鞋走路,还是呱嗒呱嗒响,像一个饶舌的妇女跟在脚后聒噪。可见二奶奶她这穿鞋走路已经练出了境界,不是一般人能达到的。她还会在裤脚上挂一根乱线头,要么是几点碎草屑儿,这一路轻飘飘拖拉拉来了,身后跟着最小的女儿玲子,像一个小尾巴长长拖着。

二奶奶来了还会有什么事儿呢,肯定是来借东西了。

我们的目光习惯性地去看她腋下，看见一个瓦盆夹在那里。这就对了，又要浆水来了。

我们的浆水卧在一口大缸里。

秋天萝卜挖回来后，将叶子全部切下来，拣好的串起来晒干菜，为以后卧浆水埋下伏笔。

总是奶奶在做这些事情。

一个头戴白帽的老奶奶，坐在一大片绿叶丛中，用一个冰草绳子串菜叶。这种绳子必须用冰草拧，最好是连根带叶拔起来的那种冰草，韧劲大，才能承载一大串菜叶的重量。

冰草很常见，只要有黄土的地方它们就会生长，无孔不入，顽强不屈。

奶奶自己扒一抱冰草，拧出两根绳子，后面不用她再忙活了，我和姐姐早就跟在她身后也各自拔了一大抱冰草，抱回来坐在萝卜上搓绳子。冰草绳子很好搓，我们一会儿工夫就搓出一根给奶奶。奶奶将萝卜叶子一把一把整理好，放在草绳上将草绳打一个结，一大把菜叶被草绳拦腰捆住了。再整理一把，再打结。不大一会儿工夫，身边堆出一大串串起来的绿叶。深绿的萝卜叶，草绿的冰草绳，一堆绿色还在不断膨胀。奶奶两手沾满了绿汁，站起来，提着草绳一头抖一抖，索拉拉提起了一大串，这种大超出了我们的预料。很沉，母亲过来帮忙，和奶奶抬着菜叶子搭到了早就准备好的木架子上。架子很简单，是两个巨大的长条板凳上支一根扁圆的木棍子。自然,这棍子是榆木的,结实。

半个下午,母亲把所有的萝卜叶子切下来,将萝卜运进后面窑里储藏起来。奶奶也串了十几串萝卜叶的干菜。其实还没有干呢,但是我们已经将它们叫干菜了。好像这些绿叶一上绳子就和散堆在地的叶子不一样了,有了特别的意思。

奶奶还要串,母亲喊够了够了,多了咋吃得光呢?

奶奶小声反驳说你们年轻人就爱偷懒,怕麻烦!我们多多地串点,到了冬天卧一大缸酸菜,看你们咋吃呢!奶奶的口气是肯定的,那意思就是你们想咋吃就咋吃,由着性子吃,没人会给你限量。

秋风干爽,艳阳高照,萝卜叶子很快就干了,比原来萎缩了很多。奶奶一串一串取下来挂到后窑墙上的木橛子上去。

我们宽大高深一直寂寞的后窑顿时变得拥挤热闹起来,显得很富足。墙上的干菜串子一串挨着一串。地上堆着农具和一些很破旧但还是舍不得扔掉的东西。本来木橛子上还留着几串去年的老干菜,对比之下,老干菜更像是一串串破抹布。上面落了尘土吧,在窑洞墙上吊死鬼一样挂了一年吧,总之是面目陈旧得让人伤心。我过去摸一摸,拽一下,干爽枯衰的叶子顿时碎了,化为粉屑,扑簌簌往下落。手碰到一片,就碎一片。顷刻间化为乌有,只剩下枝干挂在那里,光秃秃,孤零零。空气都变浑浊了,有点呛人,有点让人喘不过气来。我从尘屑团里抬起头来喊,奶奶,奶奶这还是我们去年挂的那些干菜吗?咋老成了这个样子?奶奶很忙,不回答我,我也没十分渴望她回答。因为我记得十分清楚,这些干菜除了我们去年此时挂上去,难道还会自己冒出来吗?

木橛子数目有限,要挂下所有的干菜明显有困难。奶奶歪着头想,像一个贪玩的孩子面对着一道不确定答案的选择题。她终于下了决心,动手往下取旧菜,取一串旧的,挂一串新的,一番新陈更替后,所有的木橛子上挂满了新鲜的干菜。

旧干菜串子被堆积在门口,一串一串死尸一样栖惶地躺着,奶奶看着它们有点作难,扔吧,舍不得,再收起来?没地方放了嘛。这取舍真是成了一道难题,横在那里把奶奶挡住了,去年的时候她用双手把它们一片一片择出,一束一束捆扎起来,现在又由她的手来扔掉,好像在叫她扔掉一些贵重的东西一样作难。

我用脚踢着干菜串子。它们实在太陈旧了,好像叶面在失去水分的过程中,颜色也跟着蒸发、褪掉了。

奶奶弯腰把它们提起来。我看着她提了两串不怎么重,就也过去试着往起提。它比我的身高还长,干枯的菜叶子轻飘飘的,一串干菜很轻易就被提起老高。我吓了一跳,踮着脚尖再往高提,还是那么轻。当初那些重量都哪儿去了呢？刚串起来的菜叶子奶奶一个人拿不动一串。现在奶奶提了三串还不重，又往左手里再增加了一串。

奶奶叹一口气，十分惋惜地说：拿去给牛吃吧。我们就真的放进了牛槽里。

新鲜的菜叶子挂在木橛子上，一天天变干，终究也会变成去年一样的干枯吧。就像我有一天终将会长成奶奶一样的衰老。时间是一把刀子，悬在头顶上，一点一点地削切着我们的生命。虽然这刀子隐藏得很深，可是它削砍的结果确确实实摆在每一个人面前。

有一天，家里没酸菜了。不等我母亲动手，奶奶已经坐不住了，她先换了一个大水，坐在炕上梳了头，就去沟里担水了。头发没干，把帽子弄湿了，裹在帽子外面的手巾也透出一坨子湿痕。她顾不上管，小跑着去担水。奶奶一辈子都是跑着干活的，好像不抓紧干，活儿就会自己消失了一样。所以得尽快地干，干完了才能坐下歇缓。

腾缸是一件麻烦事。水缸自然好清理，把残余的水舀出来，拿净抹布擦了缸底，再舀一马勺清水冲一冲就成了。麻烦的是另一口缸。那是专门装浆水的缸。吃到最后，酸菜捞完了，缸底里残留着最后一点浆水，里面飘满了白花。奶奶趴在缸沿上看一下，吸一口凉气，先去后窑里取来两串干菜。秋后挂的干菜，已经泛出旧色来了。混杂在菜叶中的偶尔残留下的萝卜头的白顶儿也干了，一片一片，抽搐收缩得像老人的脸，皱纹里落满了尘土。奶奶坐在门槛上往下解冰草绳，当时那么新鲜的冰草也枯旧了，黄黄的，松垮垮的。很快就解下来了。堆在地上，像一团解剖的肉，再也回不到当初赖以生长的骨架上去。锅里水开了，奶奶动作节奏加快了，一边洗干菜，一边往开水锅里投。一会儿满满压了一锅。盖上大草锅盖，往灶膛里加紧烧火。

奶奶一辈子没啥本事，针线茶饭没一样能拿得上台面的，只有这卧浆水是她的拿手活。我母亲那么能干的女人，可以包揽锅灶上所有吃吃喝喝的活儿，但是到了卧浆水的时候她自动退到一边去了。她很放心，不用进来看一眼，奶奶能顺利独自完成所有的工序。

水汽大起来了，从方圆升起，渐渐地包围了锅顶，直到地方完全包围了中央，形成一股很明显的合力，森白的气体打着旋儿离开热腾腾的草锅盖，扑向屋顶。大的檩子小的椽子交错、竹席泥巴凑合垒成的屋顶变得朦胧了，奶奶早就褪尽了软柴，灶膛里架着几根硬木柴棍，火势也形成了合力，嘻哩哗啦笑着，像个瓜女子在傻笑。那口缸终究是要清洗的，奶奶忽然下了最大的决心，本来就有点下驼的脊背弯曲下去，用大马勺往出舀那些残余的浆水。倒在一个盆子里。刮干净缸底，用清水洗缸的底部和侧壁，将笨重粗黑的家伙搬斜了洗，里外都洗了。缸像一个蒙垢已久的女人，忽然换了一个大水，同时那里外的衣裳也给换了，穿得一簇新，要不是缸沿上有一个豁口，它就是个刚买回来的新缸了。焕然一新的水缸边，那半盆子浆水的陈旧让我心里直翻跟头，浅灰色的表面上那层白惨惨的颜色和霉味，都是沉甸甸的。我赶紧把鼻子缩回来，奶奶，奶奶这就是我们天天都吃的浆水啊，咋这么难看？还臭烘烘的？

奶奶将灶火门口快要掉下来的木棍往里推一下，伸手赶苍蝇一样赶一下我，快耍去，这是剩下的一点缸底，才两天没吃就臭了！你那个懒婆子妈，就知道等着吃现成的，一缸的酸菜浆水吃光了，还等着我拾掇缸底哩——

伸右手在锅盖顶上甩几下，赶散了一团白汽，一把揭了锅，一团白得发黑的汽哗啦一声腾起来，奶奶消失了，被血盆大口吞没了。可是我不会喊人来救命，因为大口又把奶奶吐出来了。她的脸上挂了一层绿油油的水雾，用大勺子翻搅一番，盖上盖子又开始烧火煮。大团水汽很快消散，只留下一股菜腥味不散，往黄土墙壁、椽子檩子和更细小的泥皮深处渗透。也钻进我的鼻子眼儿耳朵碗儿头发丝里来了。我觉得自己也快变成一根被煮得湿塌塌的干菜了。可我不走，绕着锅台打转。奶奶把缸底腾出的坏浆水端出去倒给老牛喝。

这会儿干菜煮好了，用铁笊篱大马勺搭出来泡进凉水里。黄得发白的菜叶在水里一泡，散开了，颜色慢慢变成了深绿。清水也跟着绿了。我瞅准一个白中泛绿的萝卜片儿去抓，凉水也被泡热了，烫手。我嗖地收回手，萝卜片儿夹在手心里，吹一吹，就往嘴里送。老萝卜的那种苦味儿被开水煮透过滤了,咬一口,柔韧筋道,熟得很好,一点不硬。闭上眼慢慢品尝,呵,像鸡爪子,像羊蹄筋,还是牛耳朵?

奶奶倒掉煮菜水,又烧一锅开水。然后蹲在地上捏菜里的水。捏出一疙瘩一疙瘩熟透的干菜叶子,垒放了半个案板。

我乐坏了,趴在案板边捡萝卜片儿吃,大嚼大咽。奶奶不骂,拉一把我胳膊,说:把菜弄脏了!我才不怕她呢,她从来不会打娃娃,连一巴掌都没有打过我。我把手伸进泡过菜的水里扑晃一下,捞出来,湿淋淋举着喊:看看,我洗手了。

奶奶顾不上理我,将菜疙瘩往那口腾出的大缸里投,我也抱一个菜蛋,从奶奶胳肢窝下钻过去,双手举着砸进了缸里。缸里发出扑通扑通的声响。案板上渐渐地空了,缸里满上来,奶奶将那锅烧开又晾了一会儿的开水倒进去,再抓两把荞麦面,用长擀杖慢慢地搅散在缸里。清水浮上来,菜叶沉下去,面粉打散了,水不那么寡淡了。一层温暖的乳白冒着热乎乎的水泡儿浮在最上面。奶奶剥两根葱,不用切,囫囵个儿投进去。已经能闻到一股奇特的香味儿了。

下午的饭跟平常一样,洋芋面。但是那饭舀在碗里显得寡白寡白的,等吃进口里,更是寡淡。调一筷子盐,再调一筷子头辣椒,还是不香,饭嚼在口里一股面腥味,汤喝进嗓子眼里痒痒的，咽不下去。我们的饭量都比平时减少了，爷爷有点懊恼地质问奶奶，为啥把饭做成了这个味道？

奶奶理直气壮地说没浆水了嘛。爷爷一拍筷子，那就快卧一缸啊。没浆水还叫人咋吃这个饭？

奶奶还是不惊不慌，说：卧上了，响会就卧上了。爷爷响亮地唉一口长气，无奈地端起碗来，继续往嘴里填碗底的那些饭。我们每一个人都无奈地扒拉着自己碗里的饭。爷爷都没话可说，我们还有什么可说的呢？

浆水就是这样，旧的吃完，到新的做成，有一个交替的等待的过程。这期间我们肯定有好几顿饭是缺失了浆水和酸菜的，因为我们只有一口卧浆水的缸，没有人提议再添一口进来。日子一直这么过着，浆水也一直是这样的卧法，这样的吃法。没人想过要改变它存在的形式，因为它太普通了，普通到我们总是忽略了它们的存在。只有新旧交替这几天中，我们才感到了浆水在我们生活里是多么重要。它就像家庭里的一个女人，这女人长相一般，挣不来大钱，养不了家，所以大家很容易忽略掉这个女人。忽然一天这女人没在家里，大家才发现这个家没有她真是不方便，饭谁做呢？脏衣服谁洗呢？鸡和狗饿得乱跳，窑洞门口的干柴和牛粪乱成了一团糟，这个家的细微的秩序完全混乱了。这一混乱的乾坤男人自己是无法扭转过来的。

第二天吃干粮的时候爷爷发了脾气，瞪着眼问奶奶咋没有酸菜？奶奶照旧一副气定神闲的样子，慢悠悠说：浆水昨天才卧上嘛，还没酸呢。女人生娃娃还都有个十月怀胎的过程呢，你急的啥？爷爷神情一呆，默默地吃一口咸菜，放下筷子，早饭就这么草草收了场。我们都没吃好，因为本来就单调的早饭中少了最重要的一项内容：拌酸菜。

晚饭时候奶奶不敢四平八稳地等待了，把我妈刚烧开的面汤舀一些，掺点凉开水，然后均匀地投进浆水缸里，再用长擀杖耐心地搅动。这一过程叫投浆水。

投浆水看着轻松，其实很累人的，奶奶双手撑着擀杖，像老渔翁在划动一艘沉甸甸的木船。渐渐地，热面汤被均匀地搅散到各个角落里，奶奶的鼻梁上挂了一层毛毛汗。

我说奶奶咱去旁人家要点浆水吧，没浆水的饭，甜死人了。

奶奶有点犹豫，要不要去呢？

其实要浆水是一个很可行的办法，二奶奶不是动不动就拿着瓦盆来我家里要浆水吗。奶奶每卧一大缸浆水，可以说都被我家和二奶奶家平分着吃掉了。二奶奶要是有三天时间不来我家要浆水，我们就会觉得有点反常了，心里反倒会不踏实了。

这不，不等我们做出要不要到外面去要浆水的决定，二奶奶已经来了，短腿上的裤子有点长，拉到了脚后跟上，给人感觉她只穿了半截鞋，就脚尖跳着，所以她不能更踏实地走路，一步一步都走在了泥坑里。我们的目光被一种无形的东西牵引,去扫她的腋下,那里果然夹了一个东西,鼓鼓的,胳膊窝被撑开了,有点害羞地露出一个瓦盆羞惭的脸面来。

羞脸鬼,端个瓦盆要浆水!

果然又来了。

二奶奶本人却比她的瓦盆放松一些,她在嘴里蓄积起一口痰,扭着脖子吐在了脚后跟处。一只鸡看见了,点着头飞快跑来捡痰吃。瓦盆从二奶奶腋下探出脸来。二奶奶懒散,这种瓦盆要是被勤快人经常擦洗,一定会长久保持一种锃黑明亮的光泽。可这个瓦盆就像个没娘娃,猛一看和旁人家娃没啥区别,细看,脸有点脏,衣裳有点烂。它主人的懒散,完全可以通过这个瓦盆来体现。其实我们的二爷爷是一个很爱干净的男人,他的衣着要比我爷爷讲究,只是他的女人在不断地拖他的后腿。

有时候,爷爷看见二奶奶又端着一盆浆水走出门去,他就不无幽默地感叹:真主呀,世上的人要是能活活懒死,最先完蛋的可能非得是这个女人了。

二奶奶自然不会因为懒惰而死,相反活得好好的。因为好吃懒做,她的面目显得远比岁数年轻。把她和我们的奶奶放在一起,我们就能看到艰苦的劳作对一个女人容颜的损害有多可怕。而相对的懒惰就能稍微避免这些东西。

二奶奶在她家里耍奸溜滑,地里的活儿更是很少参加也就罢了,针线上缝缝补补、锅灶上洗洗刷刷的活儿她也不好好干，坐在炕上指挥着女儿干。女儿才有多大呢，站在地上比炕沿高不了多少。她这些行径我们真的很看不惯。不过也只能看着在心里犯嘀咕罢了，我们管不着，那是人家家里的事儿。

然而说起这要浆水，就不仅仅是她自家的事情，她这么天天天天地来向我们要浆水，我们就不厌烦吗？卧浆水是多麻烦的一件事，担水烧火，累人，费柴火，不是件轻松活儿。我们辛辛苦苦做好了，她就来吃现成的。况且这不是一年两年的事情，十几年以来都是这样的。谁受得了啊？

我妈受不了了，凉着脸接过瓦盆放在案板上，不说话，只是薄薄地笑着。二奶奶不说话，从这笑的神态里闻出了和平时不一样的味道，她走过去自己揭开缸盖，踮着脚往里瞅，哟，新卧了浆水啊？

一股煮干菜微微发酵后的酸味儿飘散了出来，谁都闻得出这是真正的浆水味儿，只是还没有发酵好，浓郁的菜腥味还没有消退。

二奶奶的脸上闪过了一丝失望。她悻悻地夹上瓦盆离开了。

这是我们家唯一能理直气壮地拒绝二奶奶讨浆水的理由，说出来不怕得罪她。

平时我们是不敢这么直接回绝这个二奶奶的，爷爷和二爷爷是亲兄弟，他们从小没娘，兄弟间的关系要比别人亲厚得多。爷爷常在强调,要我们对二爷爷一家好一点。二爷爷手头紧困的时候就来向爷爷借钱,爷爷每次都不会让他空手而回。

有一年,爷爷缝了个二毛皮大衣,穿着去寺里礼拜,看见二爷爷穿着单薄,冷得脸色都白了。兄弟两个边走边说话,走到家门口,爷爷脱下皮衣披到兄弟身上,说送给他了,自己再做一件就是。

直到第二年冬天来临,爷爷也还是没能够穿上新做的皮衣。因为二毛皮很贵,我们家宰的羊皮一般拿出去卖了,就算留下两张,也还得再请毛毛客去做,那一笔手工费很高呢,家里哪有那么多闲钱去干这个。

多年后,奶奶说起来还有着怨言。其实心有怨言的不止奶奶一人,只不过那第二个人没敢说出来罢了。

这就是我们的母亲,她十分有意见呢。

一来这皮衣确实贵重,是我大舅舅亲手做的。大舅舅干了半辈子皮毛活儿,说到后来只要闻到硝水泡皮子的味道就恶心得直想吐。所以他早就洗手不干这又脏又累又差的活计了。但是他又重操旧业为我爷爷做了一件皮衣,我不知道这其中有着怎样的具体原因和过程。但是能叫他重入江湖,可见他对这件皮衣是何等的重视。爷爷一时兴起,将皮衣拱手送人,这件事让我母亲觉得尴尬,她将事情瞒住了不叫传到娘家人耳朵里去。你说真要是传到了舅舅的耳朵里,舅舅会怎么想呢?所以爷爷还能开口让舅舅给他再做一件二毛皮衣吗？

自然是不能的。这些年爷爷就一直穿着那件黑棉袄去寺里做礼拜，清真寺的大殿里冷得站不住脚，奶奶疼爷爷啊。

二来嘛，二爷爷一家人拿去了我爷爷的二毛皮大衣，却一点感激的意思都没有，好像这本身就是件理所当然的事，不值得他们记恩。所以二爷爷穿着那件二毛皮衣走亲戚、出远门、去寺里的时候，我们看见了都觉得心里酸酸的，有点不是滋味。

要知道这样的二毛皮大衣穿在身上，会让一个男人马上变了样，他的架子一下子就立起来了，变得和平时不一样了，显得高大、尊贵了起来，被一层富贵的气息笼罩了。所以穿了皮衣的二爷爷和爷爷走在一块儿，给人感觉他的气度风范俨然就是兄长，而爷爷反倒成了猫着腰的兄弟。这一份像样的衣着带来的体面就这样被爷爷拱手让给了他的兄弟。

奶奶是个老实人，但是为着这件皮衣，她很多年都耿耿于怀，说起来就忍不住抱怨爷爷。

还是说浆水和酸菜吧。它们是同一口缸里待着的，但不是同一个事物。从浆水缸里捞出的菜，就是酸菜。泡着酸菜的水，就是浆水。可见酸菜和浆水是骨肉相连水乳相融的关系，就像一家人中两口子的关系，就像我家和二爷爷家的关系。

爷爷以一个长兄的耐性和宽厚呵护着二爷爷一家人,我们就得忍耐,二奶奶来要浆水的日子就一遍又一遍,永无止境。而我们的忍耐一再地纵容了二奶奶懒惰的性子,所以她从来没有产生自己动手卧一缸浆水的念头。

晚饭还是白水洋芋面。面汤刚翻了一个滚儿,奶奶就舀出半盆子热腾腾的面汤来,晾一晾,投进浆水缸里。

饭桌上爷爷终于无法忍受,拍着筷子不看奶奶,说家里有两个女人呢,连一口浆水都做不好,要你们是做啥的?

奶奶一看这场面,气短了,一点都不敢犟嘴,给爷爷调一筷子油辣子,说新磨的胡麻油,滚滚的热油泼的辣椒,闻着都香!你不尝一口?

爷爷气哼哼端起了碗。第二天的干粮时节,除了煮洋芋、蒸馒头,爷爷拿起一个馒头念一句:必思敏俩习①——掰开了刚要吃,奶奶端着一大碟子酸菜上来了。碟子一落桌,一股酸菜伴着胡麻油的清香味道散开了,白生生的萝卜条,翠黄的叶脉,碧绿的菜叶,杂拌在一起,上面还抹了红红的辣椒油。不用吃,光是看着,口里就泛起一层水,喉头很响地抽搐起来。昏睡的肠胃被唤醒了,蠢蠢欲动。

爷爷眼神不好,没看清是什么,但是抽了一下鼻子,酸菜吗?酸菜成了吗?呵呵,你这老奶奶,酸菜已经成了

---

① 必思敏俩习:阿拉伯语,意为"以真主的名义"。回族习惯在做、吃食物及进行其他一些日常活动时都要口念或者心念,以表明时刻不忘真主造化万物之恩。

咋不早说呢?

边说边夹起一大筷子,一口馒头,一口酸菜,吃得滋味绵长。两个馒头不见了,一碟子酸菜也消失了。

奶奶不高兴了,你咋一个人把酸菜吃光了呢?也不知道给我们留点。

爷爷放下筷子。朝阳的光从向东的窗口照进来,光斑洒了爷爷一脸,他一脸金黄,很快这层金色绽开了花,冰面破裂了。爷爷笑呵呵说:没了再调一碟子嘛,你这死老奶奶,吃酸菜还能把家里给吃穷了——

说着端起碟子,把最后残余的一筷子菜也吃了,连碟子底里那点汤水也喝了。

奶奶彻底不高兴了,嚷了起来:谁叫你把汤也给喝了?

爷爷摸一把胡子,呵呵笑个不断,站起身拍打一下屁股,溜下炕去,他要收拾一番骑着骡子去赶集了。

奶奶再去捞一碟子酸菜,这一回舍不得拌清油了,多多地撒了一点干辣子面,然后一口洋芋一口酸菜地吃起来。

我和姐姐在院子里跳绳。被我们绕着跳来跳去的草绳,正是串过干菜的冰草绳。它们和萝卜叶子绑在一起后,一起变干了。现在干菜卧出了酸菜,草绳没什么用处了,我们每人一根,在院子里乱舞着。惊得鸡不敢到房门口巡逻了,远远地躲在大门洞下,用小眼睛偷偷窥视着我和姐姐的疯狂举动。

我们终于跳乏了,感觉没意思了,将草绳搭在牛圈门上,看着牛一点一点往大嘴巴里叼。牛很笨,明明已经吃进去了,可是舌头在那里乱搅,忽然又吐出来,只能又往进吃,白白长了个簸箕一样的大嘴巴,连一根草绳都不能吃得利索点。

姐姐抓着手里残余的一点草绳头儿不丢,看看牛已经吸进了嘴里,她忽然发一声力,双手拼命往后撒,刚才已经咽进肚子的绳子却又从牛嘴里拉出来了,沾满了湿漉漉的草沫子。我们的惊讶不亚于看见从一个人的肚子里抽出了他那原本盘卧着的热乎乎的肠子。

老牛嚼出了草绳的滋味,舍不得就这样松口,姐姐就像也要吃这根绳子,牛和小女孩较上劲了,两个隔着一道木框门拉锯。草绳子全被拉出来了,它在牛肚子里走了一趟,竟然没有断,但是颜色已经不是原来的样子了,刚才那灰沉沉的旧绿,变成了浅黄的新翠。

奶奶吃完了,端着洋芋皮要倒给老狗。老狗眼睛一直盯着她手里的碟子,跳着脚催促,神情迫切极了。

奶奶看着老狗可怜,干脆捞一碟子酸菜倒进了狗食盆子里。老狗欢快地呜咽一声,大口狂吞,喉头深处发出咣咣咣的吞咽声。

姐姐终于没心思捉弄老牛了,懒懒地松开了手心里的那最后半截草绳,拉上我的手,走,上山拾呱呱牛去。

据说这个被我们喊作呱呱牛的东西有一个学名叫蜗牛。耕过的山地里随处可见白色的蜗牛壳,小指甲壳大小,上面盘旋出一圈圈好看的螺纹。

呱呱牛,海巴巴,爷爷把奶奶揣一把。

谁发明的谁又流传开来的童谣呢?不知道。像北山上的风,你知道它从哪里来,要刮到哪里去?

我们每人捡一大把呱呱牛,回家坐在屋檐下抵仗。姐姐拿一只,我拿一只,互相抵住了最尖的部分,然后同时用力,像斗鸡或者斗蛐蛐儿。总有一只会破裂的,肚子里流出一摊碎裂的沙土。蜗牛早就爬走了,这只是被它们丢弃的一个壳儿。

我们边破坏着呱呱牛,边高声喊叫:呱呱牛,海巴巴,爷爷把奶奶揣一把——

母亲在初冬的风里晾晒破布。这些破布都是从旧衣衫上拆下来,洗了一大堆,一片片晾晒在一片塑料布上。她要用这些布,在这个漫长的寒冬给我们一家人做出明年一年的鞋子。

呱呱牛,海巴巴,爷爷把奶奶揣一把——

干燥的风里含着很多肉眼看不见的细刀刃,把我们的手和脸划开了无数细密的小口子,手背和脸蛋又疼又痒,但是这有什么呢,从我们来到这个世上,从我们离开娘怀在地面上爬行的时候,开始在土院子里一步一步学步的时候,风吹日晒的自然磨砺就开始了。我们早就不是娘肚子里初次出来时候的那个娇白细嫩的模样,而且我们还知道,终有一天,风刀子毒阳光,会把我们变成母亲一样的女人,再后来，肯定也会雕刻成奶奶那样的老婆婆。

母亲转过脸来，眉眼跳跃着，有点坏，说：你爷爷把你奶奶揣一把？揣哪儿了？你们看见了吗？

她的口气有着纵容我们的味道。

我们顺杆子往上爬，姐姐想也不想，脱口飞出一句：看见了，揣沟子了！

我欢快地应和：呱呱牛，海巴巴，爷爷把奶奶沟子揣一把！

我们得意得忘了形。一串蹄声踏进门槛，哒哒哒，脆生生的，喧闹又寂静。爷爷回来了。我们还在喊：爷爷把奶奶揣一把——爷爷把奶奶揣一把——

母亲赶紧狠狠咳嗽两声，试图用咳嗽声压制我们的放肆。

我们疯了，像春雨后的麦苗子，噌噌噌往上蹿。母亲镇压不住，慌了，丢下未晾完的湿破布仓皇逃进屋去。奶奶迎出来，脸红红的，她好像年轻了十几岁，简直和她的儿媳妇一样的年轻了。

爷爷还骑在骡子背上，咳嗽一声，喝道：胡喊啥呢？大人都哪去了，娃娃没人指教吗？不要怪我用皮鞭子帮你们指教了！

皮鞭咣一声丢在台子上。我们嘻嘻哈哈笑着，不喊了，跑过去拉骡子接爷爷。很快地每人口里嚼上了爷爷送的一颗糖，甜到肺里去了。

爷爷进门上了炕,有点吃力地靠住被子,伸手敲着窗玻璃喊:老婆子啊,快给我舀一碗浆水来,渴死了,心都干透了——

奶奶双手端一碗清凉凉的白水来了。我们家的蓝边粗瓷碗,像一个清爽干净的女人,肚子里荡漾着一池清凉,看得炕角的猫也动了心,薄刃片一样的红舌头一亮一亮舔着小巧的嘴唇。

奶奶双手一直递到爷爷面前,爷爷不接,埋下头就在奶奶手里牛喝水一样一口气喝干了一大碗。喝完了摸一把胡子上的水珠儿,长叹:从头发梢儿舒坦到脚后跟了啊老婆子——这一趟啊,可把我老汉一把老骨头累散花了——

他完全地松弛下来了,身子像一串从干草绳上解下来的陈旧干菜,全身慢慢地散开了,连下巴上的那些皱纹也都舒展得平平整整的。

我和姐姐的心思完全在桌子上的那个黑挎包里。那里面还有糖吗?还装了些什么好吃的东西呢?

鼾声响起来了,轰隆隆——轰隆隆——这声响完全压过了猫儿的呼噜,它可能觉得太吵,懒洋洋爬起来,四个爪子叉开了撑住,将腰身慢慢地伸长,拉松紧一样往长拉。就在我们担心快要拉断的时候,它毫无征兆地打一个哈欠,噗——跳下炕,一眨眼就溜走了。

爷爷鼾声如雷。真让人不敢相信,这串干菜一样的身躯里会发出这么震天的轰鸣巨响。

姐姐手快,已经从包里摸了两颗糖,我们捏上糖往外溜。跨过门槛,姐姐忽然回过头来看着我,目光怪怪的,问:爷爷那么老的人,会摸奶奶的沟子吗?我们是不是唱错了?

我的目光飞一般抓一下爷爷的手,是啊,那手比老干菜发霉的菜帮子还旧,还会和风花雪月有关吗?

出门撞上奶奶端了一大盆浆水,她这是要给隔壁的二奶奶家送去。

每次新的浆水卧成,奶奶都要这么送一回。一来叫二奶奶一家赶紧尝一尝新浆水,二来等于在告诉二爷爷一家,可以继续来我家要浆水吃了,我们已经做好了准备。

一缸浆水的馨香滋养两个家庭的日子又开始了。

1990年的亲戚

庄里有名的贫儿嘴哈蛋站在崖顶上的墙豁口那里，扯着脖子贼溜溜向下观望，那样子就像墙豁口这个巨大的产门分娩出了一颗大活人的脑袋来。脑袋很不安分，拧过来扭过去四下里查看，看清楚崖根下的狗是拴着的，这才扯长脖子喊话。声音尖刺刺的，和女人一样，但是没有女人的好听。庄里的女人都烦他，说他是假婆娘嗓子。男人的底气，女人的音色，这样一个怪拉拉的声音，借助农历四月的暖风，从高大的崖顶上飞下来，力道被空气分流了，分量变轻了。细细的一束，从窗子缝隙间钻进屋，被睡在枕头上害毒疮的爷爷的耳朵捕捉到了。

长日寂寞，爷爷正无聊呢。但是他懒得起身出门去看究竟，只是横着嗓门喊奶奶。奶奶在厨房里，正坐在一个木墩上拉风匣。风匣肚子两端的风板儿像一对灵巧多话的舌头，呱嗒呱嗒敲着，灶火眼里烧的是猫儿刺。这种植物长在地埂上的时候就浑身是刺，那时候刺还是柔嫩的，砍下,背回来,晒干了,那些四月里没来得及变硬的嫩刺干透了,像无数小针尖,一根根竖起来,在等着戳人的皮肉呢。奶奶很小心地抓起一束塞进灶眼。火势旺盛,像有一个天下第一的大傻瓜钻进了灶火眼,一个劲儿发笑,呵呵呵,嘀嘀嘀,哈哈哈,哗哗哗——奶奶听火听呆了。

爷爷的叫喊变成了怒骂,穿透了火笑声,飘进厨房来了。人都干啥着哩?耳朵都叫驴毛塞实了吗?咋喊破嗓堂门了还是没个言喘的哩?!

爷爷的声音自然是最纯真的大男人声腔。同时,一个尖刺刺的女腔伴着男声,有人吗?——大爷家有人吗?——

狗可能被这奇异的声调给迷住了,竟然不咬。

奶奶匆匆把猫儿刺往灶膛深处一推,甩开大脚板往出跑,老花狗的头仰起向上,耳朵竖起来报着朝后倒,哈蛋的声音更活跃了——大奶奶啊,给你家捎个话儿——我今儿在集上碰到你们庞家洼的亲家了,叫给你们捎个话呢,说四月二十三宰牛念苏热①着哩,请你们吃油香去呢!

奶奶五十多了,下了一辈子苦,但耳聪目明,把风里传下来的话听清楚了,也认出那个人是谁来了,喊他下来到家里浪来,喝茶来,她刚把水烧开。

哈蛋摆摆手——不了,不了,你忙去,我走了——

---

① 念苏热:回族日常用语,在亡故者祭日,请阿訇念诵《古兰经》篇章,进行纪念的活动。

狗像要送给哈蛋这个捎话的人一串感激，冲着他的身影一个劲儿狂吠起来。哈蛋终于像个男人一样轻快矫健地跳下墙豁口，一闪，不见了。

奶奶提着一电壶水进去给爷爷泡茶。茶碗里放一撮子砖茶饼子上撬下来的硬渣子，放两个干枣儿，半把白糖。双手端到爷爷枕边。爷爷忽然脖子一梗——日他娘，糟蹋人哩！

吓得奶奶一哆嗦，滚烫的茶水溅了一手。顾不上管手，忙又给爷爷续上茶水。爷爷愤愤的，说不是人，那烂怂亲戚，不是人！宰牛念苏热哩，这么大的事，咋不叫娃娃亲自来给咱们说一声，就这么捎一句话？啥意思？！有这么请儿女亲家的吗？明摆着是把人不当人！

奶奶才弄明白他的怒气不是自己惹出来的，而是刚才捎来的信儿。手背上火烧一样地疼，奶奶嘘嘘地用嘴吹。凉气哈上去，灼痛缓和了一点，手心却又疼得明显起来。一瞅，指肚上扎满了密密的刺牙。她就蹲在门口迎着亮光一根一根拔刺，感叹说这猫儿刺啊，烧着旺，就是太扎人了，疼得很。

爷爷气哼哼抿一大口水，滚烫，噗——又吐回盖碗子里，胡子齐刷刷竖了起来——你害人哩吗？这水咋这么烫！

奶奶气得笑——你心里气不顺就明说嘛，给水找啥麻烦哩？哪一天的水不是这个烧法？偏偏今儿挑刺儿。你不是说你的舌头早就叫酽酽的盖碗茶给烫熟了吗？咋又变得娇气起来了？

爷爷咣——丢下盖碗子，说这真个是欺负人哩，宰那么大一头牛，给孙子过满月哩，咋能把老规程给忘了呢？按规程，女婿得背着四色情①上门请我们来。他们可真行，大街上让一个贫儿嘴捎个话来，我们这么好糊弄吗？不去，咱这一回高低给他不去！不要说宰牛，就是宰骆驼也不去！

爷爷一动气，脖子下的毒疮也被气醒了，一个红得发亮的肿圆疙瘩突突突直跳。他丝丝地抽冷气，又气又疼，脸色白里泛青。

奶奶挑净了刺，找一点鸡蛋清子抹在手背上，这才慢悠悠说亲戚嘛，拉一把近了，揉一把远了，你计较啥呢？路这么远，叫人家眼巴巴地跑一趟来请你，多麻烦人！顺路捎个话来，我觉得挺好，多省事儿。你就不要睡在炕上跟亲戚犯私心了，好好儿的亲家，万一惹出啥是非，划不来。咱女子不还得在人家家里过日子吗？

奶奶口气不敢硬，连劝带哄把这一番意思表述了出来。

爷爷还是气哼哼的，看样子毒疮这些日子对他的折磨引起的怨气被这个事儿全部挑起来了。

四月二十三，日子一天又一天临近了。十六的晚上，全家人坐在月亮底下吵架。大门顶上了，这会儿夜深人静，不怕被左右邻居听到了跑来看欢闹。

---

① 四色情：情，西北农村用语，指亲戚朋友之间走动时拿的礼品，常有红枣、白糖、冰糖、核桃、花生等干果。一样，叫作一色。四色情，即四样礼品。

开仗的双方是爷爷和他的大儿子。其实话说回来，分明是爷爷一个人在跟他自己开战，而儿子是被他临时揪来当靶子的。

爷爷先把哈蛋捎来的话转述给大家。

宰牛啊——大孙女首先欢呼了一声。这女子，人还没长大呢，叽叽喳喳快嘴利舌的性子已经显出来了。

咱吃肉去——碎巴巴应和。他一激动声音就有些颤抖。

大儿媳妇，三个孙女的母亲，这个乡村妇女有个一激动就轻狂的毛病。她当下忘了自己只是儿媳妇，很多事情还轮不到她来做主。但是她兴冲冲把怀里的三女儿竖起来让在腿上打个站儿，说都去，全家都去，我的小姑娘也走，咱吃肉肉去，一个大牛呢，咱美美地改一顿馋去！

热腾腾的煮牛肉，堆放在油汪汪的碗口上，金灿灿的碗口大的油香，想想吧，不要用舌头去想，用脚后跟去想，肯定能把脚后跟想出清汪汪的口水来。幸亏从人老五辈①手里就流传下来一个习俗，一家人过事，作为亲戚的另外一家人可以去搭情，吃油香。

吃油香是个笼统的说法。只要去了，自然是果碟、烩肉、烩菜、馍馍都吃，花样尽可能地丰富呢。尤其现在要念苏热的这一人家可是和他们一家关系不一般啊，爷爷的小女儿嫁了过去，有一个女儿在那边生活，刚刚头胎就给那户人

---

① 人老五辈：西北农村用语，指时间久远，流传几辈人的意思。

家生出了一个儿子,作为娘家人,这一回腰杆子自然是很硬的。

母亲的话提醒了怀里的三女儿,她一把抱住母亲的胳膊,用不太利索的舌头嘻哈哈笑着,说去,我也要去,吃碎姑姑的肉肉去。

月亮在东边墙头上出神地瞅着这一家人。听到了孩子这句话,那一张板得紧绷绷的脸上忍不住绽开了一片笑纹。大人们被逗得哗啦啦笑。爷爷扯长脖子,害怕掉下来似的伸出手用很夸张的幅度托着那个大毒疮,目光歪过来,说碎狗日的,人不大,嘴倒比谁都馋!

母亲掐一把开裆裤处露出的软嫩小屁股,说你姑姑的肉肉有啥好吃的?又老又酸。还不如吃你的肉肉哩!

这一回却没有人笑,大家好像都在想什么,月光下面的人都沉默了。

母亲一个人说笑了这半天,蓦然觉得不对劲儿,扭头看,看见婆婆撑不住自己的身子一样垂着脑袋,目光软绵绵望着脚底下她自个的影子发呆。再看老公公,这些日子一直虚肿的老脸上罩着一层薄溶溶的忧郁。

都咋啦?这么怕我们去吃你女儿家的肉?吃穷了吗?一个大牛呢,还怕人吃穷了?儿媳妇心里起了波澜,开始往细处想,会不会一听我们娘儿几个都争着要去,老两口的心里就不痛快了?真是私心啊,就知道偏心女儿,我这当儿媳的啥时候都是外人!我为这个家苦死苦活这些年,到了紧要关头,永远是外人!

她越想越伤心,越伤心越气愤,就闭了嘴巴不再吭声。心里却在后悔自己刚才的粗心和高兴过度,还有因为高兴而失口说出的话。看来做儿媳妇的,不管到了啥时候都没有说话的份儿。

三女儿噘着嘴巴等待母亲继续将她的小身子起起落落抛闪着玩,母亲却在愣愣走神。小家伙不依了,光脚板踢打着不依不饶。母亲突然给她屁股上甩出一巴掌。这一巴掌不是玩耍,真的打呢。小家伙疼了,刚刚咯儿一下笑出半声,就急转直下,嫩嘴一咧,换成了哇哇大哭。

哭声清亮亮的,月亮吓得打了个哆嗦,本来挂在树梢上,脚下一软就跌在了树窝里。一片婆娑的树影落在了大家的眼前。

咱大那个毒疮,脓熟透了,挑给一剪子,放了脓水,啥事都没了。

月亮在西边屋顶的瓦楞上发愣的时候,女人翻一个身,忽然冒出了一句。

男人爬起来,咱大这人吧,不要看已经这么大岁数了,其实跟娃娃一样,怕疼得很,要他自己动手,根本不可能,要不这个坏人我来当!

一个身影悄悄摸出去,推开另一扇门,借着雪白的月光,看见老爷子硬着脖子,睡得很死。连日的疼痛和熬煎,他累坏了。儿子对准明晃晃的大脓包,袖管里一道亮光一闪,一剪子戳了过去。一股臭水溅了他一脸,也喷了老汉半边脸。

爷爷一哆嗦,醒了,双手去捂脖子。没喊疼,说凉飕飕的,快点灯。

灯火地里,儿子帮他挤干净残余的稠脓,擦洗了脸和脖子,人累了,月亮也累了,都回去睡了。

第二天,爷爷爬起来,自己端着碗吃了一大碗饭,抹着嘴巴感叹说人啊,长病炕头没孝子,这些日子我可算是明白了——

他这是要感叹个什么意思呢?听的人没听明白,他自己也不知道自己在烦恼个什么劲儿呢。

二十二的晚上,一家人照旧坐在台阶下说话,正式商议明儿去庞家洼的事。这是大事,逼近在眼前头了,不认真讨论一下做出决定是不行的。白天里,已经把这个消息告诉了亲门党家,主要是爷爷的三个兄弟。大家都是亲兄弟,所以一家的亲戚大家都在走动,尤其这女儿的婆家,最是重要的关系,因为和女儿的血肉关系在这几十年一辈子都是打断骨头连着筋的,都需要你来我往地走动。所以宰牛念苏热这等大事,自然不能瞒着大家,只有爷爷一家偷偷摸摸去,万一哪天消息传进弟兄们的耳朵,说不定会闹出分门别户的严重公案来。

谁去给大家送达这一重要的消息呢?谁都不想去。最好是由女婿自己上门来，拿着礼品挨家说个色俩目①，郑重地把人家请一下。现在空嘴白胡子地跑去送这样的一个消息，谁都觉得这不合适，人家肯定会不高兴的，这分明是看不起人嘛，不把人当人嘛。

只能是奶奶去跑这一趟了。她老实，不会看人的眼色，即便看出来了，一般也不会计较。她急匆匆进门，把要转达的话说一遍，就急匆匆离开了。晚饭时节各家都回了话。当时儿媳妇在洗锅，一边用一把秃头的笤帚刷子刷得锅帮刺啦啦响，一边给男人冷笑，我就猜着会是这结果！太明显了，他们不把人当人！谁都不是瓜子！唉，搅团好吃锅难洗，粘了这么厚一层锅巴！

各家经过商量一样，回的话都是忙，顾不上去，各派出了一个男孩。

爷爷的毒疮大好了，脓水流尽，里面不烂了，那个大肿馒头也就不见了，只剩下一片空了的烂皮松松垂着。据爷爷说还是疼，不能干活，还需要坐在炕上静养一些日子。那么，现在谁去吃这个油香呢？奶奶首先不去。她自己不去，别人也都没有想到要派她去。她是妇道人家，又是个出了名的老实疙瘩，去那样的场合自己窝头窝脑地难受不说，还会被人家浅看。所以首先就把她掠过去了。

---

① 色俩目：回族日常用语，穆斯林之间的问候语，意为你好，愿真主赐你平安和吉庆。

爷爷抿一口砖茶水，慢慢咽下去，用润得湿漉漉的嗓音问儿子到底谁去哩，今晚夕得定下来。儿媳妇忽然摇头，我不去，路远，乏得很，我也没有及早准备，衣裳穿脏了都没有洗，肯定不能就这么脏衣烂鞋地去。

老汉继续盯着儿子。很多小事情上他给小辈儿出主意，真正到了这大事上还得儿子最终定音，毕竟儿子现在是这个家里的支柱人物。

儿子皱着眉头仰头看月亮。月亮好像感应到了这种男性的注视，一张脸忽然幻化出一片女人的深情和妩媚来。儿子下了决心，大，你去吧，你去最合适。你是咱家里最老最尊贵的人，你去最有分量。还有，这些日子你害疮，病着，肯定馋得不行，去了美美吃他一顿！好好地改一改馋！

爷爷抬头去摸脖子，手劲大了，碰疼了，嘶——抽一口气，像个娃娃一样眼神灼灼地笑了，有点难为情，说要不是这个害人的毒疮，我还真没有那么嘴馋呢，啊，我一向不是那种嘴馋的人嘛。

儿媳妇低低地浅笑一声，悄声说我们一下地就一个人偷偷打荷包蛋吃的是谁呢？还说不馋！没人听见这句话。怀里的三女儿听见了，但她不懂。

娃娃们争先恐后嚷了起来，我去哩我去哩我也要去哩！

三个大娃娃在地上闹腾，急得最小的三女儿在她妈怀里跳脚，场面乱了。

爷爷深深地看着两个孙女儿和他的一个最小的儿子。儿子先在父亲的目光下意识到了一种无声的不快,他雀跃的动作顿时慢了下来,慢慢地看着两个侄女儿在原地闹腾。他看见哥哥嫂子没有责怪他们女儿的意思,笑呵呵笑吟吟地看着女儿们。孙女儿浑然不觉爷爷的犹豫,还在争嚷。

爷爷抬头看一眼月亮,月光雪白,地上的影子都带着毛墩墩的锯齿形毛边,有一个毛茸茸的手也在爷爷的心里抚摸了过去。他忽然觉得俩孙女投在地上的跳跃的身影有点让人怜惜。孩子们很少有出门走亲戚的机会。像这样宰牛的大苏热,他们更是绝少能参加。

都去,你们三个都去。爷爷这一刻忽然吐出口的声音像被月光清洗过一样温婉动人。

姐姐说去了穿啥哩?

妹妹歪着头,想,忽然想起了什么,哎呀——惊讶慌乱的叫声吓得月亮一晃,从树上掉落,扑在了瓦楞上。同时一个声音扑棱棱飞了起来,向着高深黝黑的土崖顶头蹿去。夜鸽子。这死物儿!奶奶随口骂。

夜鸽子昼伏夜出,常常蹲在人不易察觉的黑暗角落,冷不丁就吓人一跳。加上它的叫声实在凄惨瘆人,所以没几个人喜欢这种夜鸟。

爷爷掀开盖碗子,把半盏残茶泼在脚边,说睡去,都早睡,明儿起早点,咱趁凉儿上路。

大家进了各屋,融入月色照亮的睡梦。只有那一摊茶水在地上慢慢地流动,像谁在月光映得透亮的雪白地面上打了一片深色的补丁。

早饭照旧是烙馍馍,炒洋芋菜。四月天气不算长,家里一早一晚两顿饭。母亲在大锅里烙出一股干燥的清油裹着苦豆子的香味,同时另一口锅里已经冒起洋芋菜在汤水里翻滚的咕嘟声和香味儿。

早饭三个娃娃都没心思吃。他们一大早就小跑着干完了平时分配给他们的扫院洒地擦桌子铲鸡粪等活儿,然后把出门的新衣裳换上了。母亲骂俩女儿烧包,穿得早了,只怕等不到出门就已经糊脏了。大女儿扭着头对着墙上的一块巴掌大的小镜子给镜子里那个小眯缝眼儿塌鼻子的姑娘编辫子。头发硬、粗,不听她使唤,努力了几遍都不顺手,气得镜子里的那半张小脸儿直冒火。唉,还是碎姑姑好啊,她没嫁人的时节天天给我梳头啊。

妹妹望着自己的脚和姐姐脚,比来比去,惊喜地发现自己新鞋上的绣花儿比姐姐的多添了一枝淡粉色的花骨朵。

碎巴巴不知怎么了,从奶奶屋里出来眼圈明显红着,穿上了一身新衣裤,鞋却是烂的,也没袜子,脚面上的黑污垢都露在外面。他来帮忙往上房里端饭。嫂子瞅见了小叔子的脚,哟,置得起骏马,配不起鞍子啊?这全身都武装得新簇簇的,可是一看这脚上,真把人丢大了!

十一岁的小叔子在大嫂面前总是有点怯有点生分,一直是敬而远之的态度,保持着一副不容人随便侵犯的小男子汉的架子。偏偏嫂子一句话戳中了他的心事,他那副一直费力端着的男人的架子瞬间就倒塌了，完全袒露出一个孩子的悲痛和委屈，眼圈红得青紫，瘪着嘴，嗓子眼里很响地冒出了一声吞咽不及的哽咽。

孩子们心不在焉，每人草草咬了几口馍馍，洋芋菜几乎都没端碗。倒是爷爷拿得稳，消消停停坐着咯痰，捋胡子，喝茶，吃了一大碗菜，最后还喊奶奶用那个老玉米芯子做的痒痒挠儿帮他把后脊背上发痒的皮肤挠了好一阵。

另外三家派出的人也都到了。三个娃娃，也是经过了认真的梳洗和打扮。

饭吃完了，母亲从上房里往外收碗筷。半碗半碗的洋芋菜，还是刚舀出来时候的样子，几个娃娃都没有动。她有些担忧，提醒他们还是吃一点的好，万一去了人家的尔麦里①干得迟一点，那就得等一等才能吃上东西，所以出门前还是吃几口做个防备。奶奶却替孩子们挡了驾，说实在不想吃就算了，今儿可是吃油香去呢，一个大牛的尔麦里，这几个馋鬼可是要好好把肚子空出来留着美美吃一顿肉呢。爷爷也慈爱地笑了，说我们都把肚子空出来，去装好吃头吧。

碎巴巴忽然不声不响凑过来，端起嫂子手边一摞子碗就走。回去又来了一趟，把盘子连同馍馍端走了。嫂子有点意外，目送那瘦条条的身子从高大的门框里迈出去，好像他是

---

① 尔麦里：回族日常用语，指为纪念伊斯兰教先贤、哲人和某些苏菲门宦教主的主要宗教仪式。

一个弱小的动物,被一道巨大的口给吞掉了。她忽然没来由地难过了一下,鼻子酸酸的。到了厨房,嫂子忽然从兜里掏出一双袜子,这可是我走亲戚才舍得穿的,拢共就穿过两回,有点大,你多往上提就能凑合着穿吧。碎巴巴接了,一溜烟跑回上房去,再出来,弯腰看,脚面上是褐色的,袜腰上缠绕着一道深红色,仅从这一点上就能看得出这原本是双女人的袜子。他返回去把袜子脱下,看看袜腰上的红道道,再看看自己黑乎乎的瘦脚板儿,犯愁了,穿呢还是不穿?左右为难。

嫂子进来了,咯咯一笑,过来把他的裤腿口朝下一拽,哟,裤子放低点,不就苫住了吗,总比不穿强吧?

他试着把原本因为有点长而卷起来的裤边全部捋展,慢慢走,回头弯腰看,还真是遮住了。步幅不大的话,不会被人看出来。

一行人上路了。爷爷戴上了茶色的石头眼镜,为了稳固一点,特意用一条麻绳子在脑后绕了一圈儿,把眼镜那两条冰凉的细腿儿连缀在一起。那个黑色的长带子方形人造革挎包挎在爷爷肩头。挎包的肚子比怀娃娃女人的肚子还要鼓胀,里头是四色情。花生、枣儿、饼干,为着凸显分量,临出门的时候奶奶把一包红糖收回去,郑重地换成了一包核桃。核桃是人情礼品中最贵重的。奶奶还另外包了一包东西,一身小衣裤,一双虎头小鞋子,一顶六牙小号帽,一个棉花装得鼓囊囊喧腾腾的小被子。这是给小外孙过满月的礼物，捆成一个包袱，背在碎巴巴肩头。另外那三家的娃娃，会合在一起拿了一个布袋子，里头装的自然是人情礼品。

一行人告别了门口依依不舍耷拉着耳朵相送的老花狗，上了北山洼，向东边的路上赶去。

高低大小不同的六个娃娃，因为都是娃娃，每一个人身上都潜藏着顽劣的天性，只是现在不好将这天性充分地暴露。大家都有点怕爷爷，他是个威严的老人。尤其现在统领着一帮童子军赶路的情况下，他好像有点心情不畅，加上脖子下的毒疮还没完全好利索，残余的隐痛还在，肩上的皮挎包扯着，路途又长，越走越感觉到这一股拉扯的劲儿是不容小觑的。一股隐痛从肩膀上传过来，一直通到了脖子那里。这让他的脚步没有往日的轻健，每一步迈开，新布鞋底子上麻绳子纳出的菱形花印在路面上，那印痕显出一些儿迟疑和几许沉重。

娃娃们的嘴巴不敢叽叽喳喳闹，脚步却是蹦蹦跳跳的。尤其两个孙女儿，她们无事一身轻，头发被母亲用清水抿湿了扎起来，光溜溜的小辫子在后脑瓜盖子上极不安分地一翘一翘。尤其八岁的小孙女，她大概觉得自己今天的样子很美，顺着阳光照过来的光线，趁人不注意，歪着头偷偷看自己投在身后的身影儿。爷爷的目光也悄悄跟着那个小巧的身影偷看，影子和真人一样俏皮，高高的羊胡子小辫儿一个劲儿乱抖，无忧无虑，好像这个小人儿的心里除了快乐没有别的。

过了一道浅沟,横穿了一个叫新庄子的村庄,接着是一道深沟,又穿过了李庄,爬上第三道沟的沟沿畔,爷爷长吁一口气,振作起精神,抬头一指,笑呵呵说那棵大榆树下有棵趴腰子老杏树,杏树跟前那家子就是了。

原来近在眼前了。孩子们没有雀跃起来,大家有一点奇怪的如释重负的松懈,好像这一点路途远没有他们估计的长,所以他们觉得现在就到达也未免太轻而易举了。他们已经忘了这一路上一步步走过的那些路有多漫长有多艰辛。

没有人呼应,爷爷的声音显得分外高,带着一股虚张声势的快活,而这快活之下,隐隐地掩藏了一种莫名的虚弱。

孩子们都缄着口,一个个迈步的姿态没有了先前的随意和自如,变得收敛而拘谨。除了碎巴巴神色照常,不那么胆怯,别的娃娃都开始有意识地拖慢了脚步,往爷爷身后溜。

在一个又肥又大的黄狗的疯狂扑咬下,一个胖老汉出来迎客了。

我敢肯定,咱们庄里没有一个这么胖的男人!妹子给姐姐嘀咕。姐姐狠狠瞪她一眼,悄声,闭上你的烂嘴!妹子就乖乖闭上她那细薄得透亮的小嘴唇儿。

不过这个老汉的肥胖是谁都看得见的,因为肥胖,他的两条腿子不能像爷爷一样地干练,而是叉着腿子走路,像刚刚学步不久的吃奶娃娃,这种走法让他的身子不停地左右摇晃。

摇晃的胖老汉飞快地扫了一眼爷爷的身后,这个歪着脖子面色一副病容的亲家公,在一伙娃娃堆里显得很扎眼。娃娃们是一群嘴角还泛着嫩黄的雏儿,爷爷就是一只老鹰。一只老鹰带着一群小雏儿吃油香来了。

胖老汉愣了一下,目光跃过了最后一个娃娃的脑勺子,向着更远处飘去。他意犹未尽,有点不甘心,好像眼前这些驾到的亲戚不是他正在等待的,而远处的道路上还有什么令他心里在牵挂。

娃娃们跟着爷爷走进院子后,不知道怎么就被分成了两路兵。谁也没留意到是那个胖老汉有意分开的,还是他们不由自主就主动脱离了爷爷,反正爷爷跟随胖主人进上房去了,他们却留在了后面。

上房门口全是人,进进出出,忙忙碌碌的,院子里也人来人往地穿梭走动。

他们看到这么多人的阵势,心里头虚了,作为娃娃,他们真的好像只有在一种不被人注意的状态下才能更惬意和自如一点。当陪着爷爷堂皇地穿过院子和众人的目光,走向上房的那一刻,谁的腿都有点软,碎巴巴首先就出溜在了后面。两个侄女紧跟着碎巴巴。

他们就是这样糊里糊涂脱离了领头雁,迷迷糊糊不知道被谁指引着,等到大家看清身畔不再有外人,只有他们几个的时候,他们已经在高房子里了。

现在他们感到了无聊,就在这狭窄的屋子里试着活动,把头探出门帘看外面的情景,伸出指头数房子和窑洞,观察地势，查看这一家人的光景。很快搞清楚了，碎姑姑家有三间房子，四孔窑洞。

高房子明显有些偏僻，也很简陋。地下一张木桌子，窄窄的，高得出奇，像个又高又瘦面目严苛的老人，不苟言笑地冷冰冰立在那里。炕上堆着被子和枕头。桌子拐角处的煤油灯和旁边的一瓶墨水，还有炕上叠得很潦草的被子和那个油污污的大枕头，大家断定这屋的主人是姑父的小兄弟，一个正上初中的男娃娃。

碎巴巴趴在窗玻璃上指给大家看，那个瘦高个儿，站在大门口帮忙给来往亲戚挡狗的那个娃娃，他就住这高房子。

上房是姑姑的公婆住，旁边一个偏房姑姑两口子住。山崖下那一孔窑洞是厨房。现在，热气森森缕缕，正从窑洞顶部的哨眼、门口、窗口往出吐。香味也被吐了出来。一些腰扎大围裙的女人，在那白雪的雾气里影影绰绰忙碌着。那里面的情景，大家是可以想象出来的。大锅里正在烩菜，把粉条、黄萝卜、凉粉等一样一样汆进烧滚的牛肉腥汤里，锅口上正热腾腾的，气浪翻天。大簸篮里摞着金灿灿碗口大的油香，大盆里堆着削成片的熟牛肉。一切准备就绪，只等上房炕上跪成一圈儿的阿訇满拉们把尔麦里干完，就可以出锅吃了。

厨房窑旁边的一孔窑洞，也是装了门窗的，那是洋芋窑。一年四季吃饭炒菜都离不开的洋芋就装在那里面。再过来，两口敞开着黑洞洞大口的窑洞，没有门窗，分别是圈羊和堆放干粪柴火的。

他家共有二十九个羊，大羊二十一个，八个羊羔！哎呀那个大羝羊最讨厌了，一对盘盘角像大树棵杈一样，你一个不防它就端着角向你冲过来——碎巴巴热心地给大家介绍，以此来显示他对这个家的情况要比别人熟悉得多一些。同伴们的目光里却涣散出一束松懈的味道。刚从闹哄哄的院子里逃到这僻静之地的那种如释重负的轻松感不知道何时消失了，隔空看着一院子人热闹活跃地忙碌，而他们好像被封闭在了这里，一种类似于被遗忘的落寞感开始在空气里萌发和浮动。

碎巴巴一直在试图打破这样的沉寂，他指着大门外那个土圈子，那是他们家的牛圈，那个是草栅子，那个，是茅房！

说到茅房，有人动了一下，身子在门帮上蹭来蹭去，一副尿憋得不行的样子。是三爷的儿子。可是他又安静下来了。碎巴巴说你尿胀就去吧，顺墙根儿过去，防着那狗，恶东西给人下口呢。三爷的儿子摇摇头，神情有一点奇特。碎巴巴不甘心，追着问，你到底要咋，给我说，有啥事都给我说。那口气和神态给人感觉他不是一个客人，而是这儿的主人，谁有什么困难他都有本事出面解决。

可惜被关心者没有什么要求，也可能是有要求的，但是他看穿了这个热心肠人的那一腔热情只是虚张声势，根本解决不了实际问题，所以他干脆一副没心情和他对话的架势，只是苦着脸望着玻璃外面台阶下的院子。

妹子爬上炕,又溜下去,踮着脚看桌子的上面,又趴下查看下面,高房子里的陈设实在很简单,简单到不像哪里可以储存食物的样子。她在地上走来走去,说爷爷哪里去了,为啥不管我们了呢?我肚子饿了,嘴干得很。人家啥时节让我们吃喝呢?

姐姐装作什么都很懂的样子,学着母亲的神情撇一下嘴,说急啥哩,等尔麦里干完了,阿訇满拉们吃呢,吃完了就是尊贵一点的老人,然后才是年轻人,最后才是女人和娃娃。我们嘛——她有点犹豫了,在这样的情况下她拿不准他们这群只有一个大人带着一伙娃娃组成的队伍今天将要面临一个什么样的情况。把求救的目光投向碎巴巴。碎巴巴扫她一眼,有点害羞似的把目光抽回去了,专注地去望外面。

我们是娘家人,属于贵客,我觉得老人们一吃完就轮到我们了,哪有让贵客迟吃的道理!说话的是大爷家的儿子。他本来话少,到了这个家里显得拘谨而漠然,那一张小小的黑脸上挂着一抹和年纪不相符的成熟的沉静。

因为是个一直沉默的人,一旦开口说话,他的话就很有分量。没有人反驳。大家静悄悄听着。

啥时节才能让我们吃哩,我肚子饿得挨不住了。最小的人没城府,最先把大家都想说但是一直不好说的话给说出来了。立即引起了呼应,大家都伸手摸肚子,打哈欠,啊,真个饿了——啊,早知道吃得迟,我早上多吃点,为了腾一个吃肉的肚子,我早晨就没端碗嘛——啊,我吃了手心大的一划子馍馍,这会儿前腔子和后背子粘一块去了——

碎姑姑咋不上来看看我们呢?妹子显得很委屈,碎姑姑没有出嫁的时候,最宠爱的就是这个侄女儿。侄女儿本来以为自己一来就能看到碎姑姑,就能被碎姑姑像过去一样抱在怀里,放在腿上,拿出珍藏的好东西给她吃。

遗憾的是,连碎姑姑的面都没有见到。她躲在哪里干啥呢?

姐姐瞪她一眼,你知道个屁,碎姑姑现在有小尕儿了,得奶娃娃,给娃娃擦屎擦尿,还得洗尿布子,你以为她像你一样清闲呢?

这时候院子里的人群好像有了异常的活动。人流涌动,声音高了起来。大家的注意力顿时都被吸引到窗口。看衣着打扮,就知道是阿訇带着满拉们出来了,一大群人跟着相送。

阿訇走了,阿訇走了,说明尔麦里早完了,阿訇也吃过了,现在该轮到贵客了吧——碎巴巴激动得大叫,一张女娃娃一样秀气的脸儿红彤彤的。

大家的心都提到了嗓子眼上。

但是迟迟没有人来请他们这帮贵客下去就餐。

只能继续等待。

等待中,每个人的注意力好像又开始分散了,关注起别的事情来。

哎，那个人，碎姑姑的老公公，他咋那么胖呢？像一堵墙。妹子眨巴着眼睛问。一抹天真在她脸上流淌。

我们庄里好像真的没有这么胖大的人吧？碎巴巴首先疑惑，在脑子里快速寻找着对比着，在印证自己的话题。

几个娃娃都在点头，大家共同做证，迄今为止，他们村庄里真的还没有哪个人有本事把自己吃出那样壮实的一副身躯来。

他是咋胖成那样的呢？那得吃多少口袋粮食才能积攒下那么多肥肉啊？

二爷家的小儿子努力了半天，才冒出这么一句。他说话有点结巴，从小养成了在人多处尤其是陌生的地方不爱说话的习惯。二爷家娃娃多，家口大，光阴一直紧困，现在别人早都不饿肚子了，据说他家里还是不宽裕。所以这个娃娃最先想到了那些肥肉的囤积是需要付出很多的粮食为代价的。他像为那些粮食惋惜一样，很深地叹了一口气。

院子里又热闹起来。又一拨人出来了，照旧是有人在相送。那个胖老汉摇摆着圆滚滚的身子，叉巴着腿，送出大门，在一阵狗咬声中返回来，摇摇晃晃进上房去了。

怎么还不来请我们下去吃喝呢？大家觉得这一回无论如何都该轮到他们这拨娘家人了。

早晨来的时候是晴天，日头一直在头顶上跟着大家走，从温凉到酷热，一直陪伴了一路。现在天却阴了，淡淡的灰色天空里看不到日头，一抹浅浅的亮色下，大家看见庞家洼的村庄显得灰沉沉的，和他们的扇子湾没什么大的区别。

姐姐，我想回家了，回去美美吃一碗洋芋菜，再吃一大划子油旋饼。妹子咽着口水，望着远处西边的天空，那里应该是扇子湾的天空吧。

大家一齐开始仰着头望远处，望最西边那里的天。

终于有人来高房子上请这一拨娘家来的贵客了。

娃娃们却都蔫头耷脑的，有些木呆，有些迟缓，一个个脑子里的发条松弛了一样，脚步软塌塌地迈下了高房子。在抬腿迈进上房门口的黄土台子的时候，碎巴巴怕抬腿太高，袜腰子露出来，就极力压低脚步，没想到左脚踏在了自己的右裤腿上，差点一个跟头栽下台子去。幸好身后是大侄女，一头撞到了她身上，两个人的头咣一声撞在一起。声音响亮得把屋子里的人都惊动了。几个腿脚轻健的人跑出来看究竟，脸上都笑哈哈的。大侄女觉得额头那里被狠狠砸了一锤子那样，疼得钻心。她硬生生把急速涌出的泪水逼退回去，像个大人一样抬起头走进房门。进房门的时候，三爷家的儿子一脚踩滑了，一下子扑在了门里的一把椅子上。屋子里客人还是很多的，但是他们看样子都已经吃过了，抹着嘴巴，笑呵呵看着这一群窝头窝脑的娃娃。

娘家人请上座——娘家人今儿是贵客呢，请大家都上座——一个腰杆子又细又长的男人，头上的孝帽①有点大，偏偏他的头干瘦得像蔫萝卜，那帽子就很不利索地在头上晃荡。他拱手礼让孩子们，脸上笑呵呵的，他的声音高得夸张，给人感觉他是有意把"娘家人"三个字和"贵客"压得很瓷实。即便大家是娃娃，他们也还是从这一番明显夸张的言语里感觉出了一种隐藏的讽刺。他的整个神态里呈现出一种轻飘飘的不怎么认真的浮滑和轻薄。这和扇子湾的贫儿嘴哈蛋太像了，那动作，那神态，就是一个娘肚子里爬出来的亲弟兄也未必能达到这样的相似吧。

爷爷也被让上来了。爷爷坐在最中间，上岗子，这是一桌子中最尊贵的位置。娃娃们围住爷爷，围着中间的桌子。吃的过程里大家都不敢看爷爷的脸，因为他的脸一直严苛地板着，他吃得很少，草草捞了几筷子，就放下筷子掏出手绢擦嘴和胡子。尤其那一蓬胡子，被他反复地擦，真让人忍不住怀疑他刚才吃东西时没有用嘴巴，而是用胡子吃。

大家都吃得有点心不在焉，筷子和碗之间谨慎地磕碰着，舌头和牙齿拘谨地咬合着咀嚼着。碎巴巴掰开了一个油香，大家每人吃了一小半儿。这样的桌面上，有一盘子油香供大家随意吃，但是他们都没有再去碰下一个。

暮色向晚的时候，一行人归来了。老花狗很远就闻到了

---

① 孝帽：又叫号帽，回族的特色服饰，一种圆帽。戴号帽是回族的习俗，象征圣洁、干净。

老主人和小主人的味道,兴奋地在晚风里跳跃着。奶奶和儿子、媳妇都出来了,大家站在大门口迎接了远归的人们。三孙女的目光首先盯住了爷爷的皮挎包。挎包里鼓囊囊的。爷爷当着大家的面拉开拉链,取出来,是一件他自己的外衣,回来的一路都是上坡路,走乏了,衣服就脱下来了。

油香吃得好吗?奶奶这么问。在问她的老伴儿。

油香吃得好吗?儿子在问他的小兄弟。

儿媳妇摸着两个女儿的头,笑眯眯说浪好了吗?总是嚷着要去碎姑姑家浪呢,这一回浪遂心了吧。

而另外的那三个娃娃早就溜回各自的家里去了。

夜深了,嫂子起夜,拉开门一把摸到了湿乎乎的一团,吓一跳,借着刚刚爬上来的一点薄月光看,是一双袜子。拿回去在灯火地里细看,袜子刚刚洗过,却烂了,两个脚后跟上分别磨出了一个圆圆的洞眼。她望着袜腰子上那一圈儿腰带一样的红色,眼圈酸了,不无怜惜地想,袜子都磨烂了,那瓜蛋的两个脚上只怕全是血泡。两个女儿早就睡了,睡梦里还在哼哼地呻唤说脚疼、腿疼。

第二天早晨,大家都起得有点迟,最勤快的奶奶打开了大门,一个人从北边的山洼上下来了,胖墩墩的身后背着一个肥大的布袋子。到跟前一看,这不是庞家洼的女婿吗,他咋来了?

女婿是个老实疙瘩,不会说什么巧话,进屋抖开袋子往桌子上倒,倒出来半盆子熟牛肉,另外还有一疙瘩生牛肉。

然后站在地下搓着两个粗大的手,望着惊呆了的岳父岳母一个劲儿傻笑。

爷爷昨晚一回来就嚷嚷说毒疮好像又复发了,整个脖子硬得像撑了一根棍子,一夜翻来覆去心事沉重,吵得奶奶也没有睡好。现在,他在枕上欠起身子,望着这个老实疙瘩送来的肉和因为赶路累得汗泼流水的样子,他那张从昨天回家后就一直黑着的脸终于慢慢地渗透出一丝缓和的暖色来。

1992年的春乏

他们一路上是这么往前走的,爬上一道梁,穿过半个村庄,再翻一座山,在一道深沟里蹚过了一条汩汩涌动着刚解冻的浑黄汤水的河,上沟畔后,一头扎进了一个大村庄。途经的这些大的地理形态,马东一一记在心里。他这么用心,一来是初次走这条路,强烈的好奇心像一个小手在他的脚底板上不断地挠挠着;二来,他想把路况记下来,就算一时记不下,至少应该在心里有个大概的样子,过几天返回的时候,说不定就用上了。总有一件隐忧在他心头一闪一闪地浮荡,万一回去时候新妈不认路了呢?那时候就需要自己来帮忙拿主意了。如果是别的女人,他没理由担心这个,但是现在同行的是新妈,这担忧就不算是多余了。

新妈身上具备的特殊性让他不得不担心。还有一个更隐秘的担忧在心窝深处埋着,万一,万一新妈去了不愿意再返回来,让他一个人上路回家呢?那时候他肯定是举目无亲,闹不好就会迷路,自己眼睁睁把自己给走丢了。这些担忧还不是那么明朗，模模糊糊的，但是这种模糊牵引了他，他一边甩着脚板儿使劲追赶新妈，一边用心留意着路的右边和左边，恨不能把沿途所见都装进脑子里，牢牢记下来。这种不断的东张西望和用心识记，让他的表情不够灵活，显得呆头呆脑的。

要是和母亲一起赶路，这一路她肯定将他训了一遍又一遍：你属猴儿的吗，稳重一点不行吗？一心走路不好吗？走在路中间行不行啊？不准一直沿着路畔畔乱跑哇——母亲那个单瘦的女人啊，一阵工夫不唠叨她就会闷得心里长草。今儿一大早，他还在梦里迷糊呢，就被她唠叨吵醒了，那嗓音像一只早起的碎嘴子喜鹊儿，一声高，一声低，一声浅，一声深，不断变换着的喊声就紧贴在他耳根上，硬是把他脑子里很香的那条瞌睡虫给活活吵死了。他以为这是叫他起来跟上姐姐上山放羊呢，揉开眼窝子往光腿儿上套裤子，母亲一把扯住了，扔过来一件黑底蓝格子的新棉衣，还有一双袜子。快穿上，今儿你给我们浪个亲戚去。她一边很麻利地帮他往身上套衣裳，一边心事重重地叹着气。他惊讶地发现母亲竟然一副没有梳洗的样子，帽子外面的花头巾搭偏了，头上一个大包往左边斜过去，眼角竟然还挂着一粒老鼠屎大的黄眼屎。她一张口，嘴里喷出一口臭烘烘的气味。他无比厌恶地把头往旁边扭过去，将吸进嘴里的臭气吐出来。母亲心烦意乱，没有留意儿子对自己气味的排斥，她像对待小时候的儿子那样，帮助他穿戴整齐了，抬手在他屁股上狠狠拍了一巴掌。这一巴掌很响,差点将他打趴下了。这死婆娘!他一头扑下炕,穿上一双新鞋,这才瓮声瓮气问母亲:去谁家浪?吃宴席还是念苏热?他的兴奋已经在心里快速发酵膨胀起来了,眼前能看到热腾腾的席面和念苏热的萝卜烩菜和金灿灿的油香了。

去我舅舅家吗?记忆里只要去舅舅家,就要全身穿得一簇新,去了之后舅舅家里总是会念苏热或者娶媳妇嫁女儿,不管是干什么,反正保证能美美吃上一顿好的。

一个身影俏生生立在了门口。紫红色的滑雪衫,浅红色裤子,头上搭一片深红色头巾。鞋也是红色的,棕红色平绒干板底子鞋。那些热腾腾汽乎乎香喷喷的宴席场面顿时黯淡了,被这个全身不同红色组成的女人压下去了。红色组成了新妈。一个鲜灵灵的新媳妇。她的脸上擦了粉,香味像奶奶炒莜麦时热锅里发出的半干燥半柔润的那种味儿,幽幽地钻进鼻子来了。他摸一把鼻子,两个鼻孔里饱饱地塞着两泡稠鼻涕,他狠狠吸溜一下鼻涕,忽然很厌恶自己,一种自惭形秽的感觉让他不敢直眼看新妈,低下头从她的胳肢窝下穿过门,跑进茅房,美美地捏住鼻子擤鼻涕,甩出来又黄又稠的两大堆啊,他恶心得差点吐出来。

新妈的行装很简单,不像母亲,只要一拾掇动身就鸡飞狗跳,怀里的小毯子里裹一个娃,另一个手里拖一个,还有娃娃的尿布子屎毡子,包包蛋蛋一大堆。母亲像已经在扇子湾扎下根的树,出门走一回亲戚就等于把这树连根给拔起来了一次，牵连扯动到方方面面。就连她喂养的鸡呀狗呀都撵在她脚后跟上乱了方寸，恨不能跟上一起走。新妈像什么呢？像一朵花儿，刚从别处折来，还没有真正嫁接在扇子湾的树木上，她可以说走就走，手里拎一个头巾绾成的小包袱，清清爽爽就可以上路了。这个家里还没有啥是她放不下的。

新妈的新鲜一下子对比出了母亲的陈旧。他扭着头看看这个，看看那个，都是女人，不比不知道，一比吓一跳。这让他顿时想起乡村集市上那个卖老鼠药的红脸男人用大喇叭反复喊叫的一句话：来来来，看看看，比一比，看一看，不怕人比人，就怕货比货……他之前怎么从来没有想到把母亲和新妈放一起比呢？就像从来没有把母亲和奶奶对比一样，习惯做对比的群体不一样。可是母亲和新妈是妯娌，是最应该放到一起做对比的。某个夜里母亲和父亲吵嘴。夜深得已经不是吵嘴的时间了，他们黑灯瞎火地吵着，吵出来的声音自然是高一脚低一脚，完全没有白天的逻辑。母亲八成是昏了头，疯了，说嫌弃我话多是不是？离了我，再娶好的啊，你弟媳妇多好，一句话不说，是不是你看着她心疼，眼热了？去啊，去跟她过去啊——听听，这两口子，白天人模狗样的，天一黑就是这个样子，哪像大人呢，活脱脱就是两个不懂事的怂娃娃在胡搅蛮缠呢。

母亲的话好像只适合在黑漆漆的夜里滋生，天一亮，就一切正常了，该干啥干啥，她还是马家那个烧火做饭吃苦耐劳的老实媳妇。那些话也早从马东那漏勺一样的少年心头漏掉了。只有一个黑色的话尾巴夹在心的缝隙里,时不时翘上来,硬撅撅晃荡着,把他吓一跳。他忍不住把两个女人放在一起做对比:生了三个娃的老媳妇子——他的母亲;刚娶进门的新媳妇——新妈。惊讶像暴雨一样在心头敲打,他不敢相信母亲也曾经年轻过,像新妈一样苫着盖头被毛驴驮进了门,也红衣红裤红头巾?也像一朵花?这些鲜艳的元素在母亲身上真的已经找不到了,就连气味也不是了,母亲是三个娃他妈的味道,这味道里有柴火味尿布味,还泛着汗酸;新妈是新媳妇的味道,新簌簌香喷喷的。就像姐姐是女子娃的气味,他是儿子娃的气味。每个人的气味都不一样。

吃了饭再走嘛,咋能饿着肚子上路呢?奶奶撵出来拦,冲新妈忙乱地打手势。这手势越来越复杂,只见奶奶两个老手胡乱地绕着。新妈微微地有些不耐烦,只是轻轻摇头,边摇边退出门,向北山上退。她一刻也不想等,只想上路,饿着肚子也要上路。

清风灌进耳朵里,他感觉迷糊劲儿醒过来了,这哪里是去舅舅家,也不是跟着母亲,而是陪新妈去浪娘家。

新妈走得真快,干板鞋尽量不踏虚土,只拣干硬明亮处下脚。鞋底在硬朗的黄土上敲出了一串响亮的呱嗒声。呱嗒——呱嗒——,一声,又一声。他的目光一次一次被吸引在脚跟上。花袜子包裹的脚踝骨圆鼓鼓的,露出来,缩进去,又露出来。一对圆圆的鸡蛋就在袜子里一屈一伸地滑动。随着迈步，一股力量水波一样从屁股那里颤抖起来，然后一路滚落，在腿腕子那里扭动了一下，紧接着在腿肚子上荡漾起一层纹浪。小腿一紧，一松，一紧，一松，呱嗒，呱嗒——新妈的鞋碗里藏了一对癞瓜子吗？踩一脚，叫一声？

听烦了呱嗒声，他就开始看风景。他们一路经过了多少户人家呢？把多少脚印留在了别人家的门口呢？这个他真没记住。几乎所有经过的人家，只要门开着，一眼扫过去，总能看到院子里堆积的洋芋山和靠在小山前切洋芋种子的女人。那些女人都和母亲一样，浑身尘土，两手泥巴，咯噔咯噔切着，装着，翻捡着，那露在外面的脸和手被风吹着。几乎所有的女人都像刚从黄土窑里起出来的洋芋蛋，灰苍苍的，很难见到和新妈一样鲜亮的女人。过去的这个冬天，谁家里娶媳妇了呢？新媳妇现在都干啥去了？像新妈一样浪娘家去了吗？

稍微走了一程路，新鞋就磨得脚后跟的筋疼，他踮着脚走路，还是舍不得错过风景，瞅着一户又一户人家的大门口。要是姐姐在，她肯定会讽刺他的，你在看人家的大女子吗？准备进去招女婿吗？新妈不会讽刺他。新妈一路基本上都没有声音。这一路上多么寂寞啊，绵长无尽的寂寞像这不知道尽头的路，一路走，一路紧紧相伴。最初的好奇、新鲜和一些莫名的亢奋，都被这无声的寂寥给一点点消磨得平息下去。他耷拉着脑袋，扯得脖子都酸了，视线倾斜着。新妈不耐烦了，右手拎着棍子，左手指指天，又指指前方，拍拍腿，摇头，努嘴，挤眼，呀呀地呼喊。意思他明白，是叫他别贪恋沿途的景物，快走，一心赶路，路程还远得很呢，不敢再这么磨蹭了。他极认真地点头，很费劲地在脸上挤出一点含着巴结意味的笑。可是新妈根本没看他的脸，她有点烦躁，催完了歪着头在前面有些吃力地迈着步子。他忽然厌烦了从门缝里对那些陌生人家的窥视，这些村庄，其实和他们的扇子湾没啥区别，都是在黄土的山梁下盖几间房子，发灰的蓝瓦，泛白的大门，切洋芋的妇女们脸上潜藏着一层总是洗不净的尘土。春风一直在吹，从身后吹来，顺着他的屁股往前吹，他感觉这清凉的风不但掠过了他的身子，还从他屁眼里灌进了身子，他单薄的身子就被穿透了，肚子里有一股暗暗的闷胀。这种闷胀让他觉得无比懊丧，他不知道自己在为什么懊丧，这一趟漫长艰辛的路途吗，面临的未知状况吗？说不清楚，反正就是闷，就是烦。刚出发时腾在心头的那些憧憬和好奇，随着风这把老手的一下又一下摸索，一点点一点点地泄漏了，不知道流泻到哪里去了。他本来一张嫩脸，这一路走下来，肯定被吹硬了，吹老了。他低头看影子，影子肥肥的，有些肿，有点孤单，这是新棉袄造成的。奶奶就是这么怪，一个冬出来了，逼着爷爷扯了新布称了新棉花，顾不上喂鸡，连着忙了几天，给他缝出了这件胀鼓鼓肥蓬蓬的新棉袄。好像他是个新女婿，就要娶媳妇儿，必须穿得这么喧，这么新。

你得叫我碎姨娘！来叫一个，碎——姨——娘——，随着拖得长长的语声落地,一个肉肉的热热的软手摸过来,不是摸,是捏,两个指头一夹,掐住了右边的脸蛋,把那一坨肉捏住,旋转着拧,拧出了一个螺旋的花纹和一丝由浅入深的疼痛。他一直低着头,这个女子个子真高,这种高让她站着捏他的脸有些困难,她得弯下腰来才方便些。但是她不弯腰,而是把头仰到脖子后头去了,吃吃地笑,笑得很热闹,简直喘不上气来,那个"碎"字卡在嗓子里,好半天才吐出来。

六女子,你做啥哩?个死女子!炕上的女人喊,在制止六女子,但是她同时也在笑。

大家都在笑,笑声像一大蓬干透的柴在烧,哗哗哗,哗哗哗,火势太大,大得吓人。他疑惑地看着,她们怎么这么爱笑呢?已经站在新妈家的上房里了,他还是处在一种继续赶路的恍惚当中。随着新妈进门,他注意到屋子里有一对男女,都已经算不上年轻了,看情形是两口子。老两口稳稳地坐着,男人抽烟,女人腿上盖着一床大红花被。这被子怎么能这么花呢?这让他说不出的惊讶,惊讶中透出感叹。这么大这么新的被子,在他家里的话从来不会大白天铺在炕上,就算是爷爷奶奶的炕上也舍不得铺。大家的习惯是晚上才舍得盖好被子,白天叠了苫起来,而留在炕上暖炕的,是娃娃们的旧被子,又沉又旧。这么做自有这么做的道理,晚上大家安安静静睡觉,很少胡折腾,而白天,他们这些娃娃都不是省油的灯,小土匪一样一个个奔来蹿去,炕上地下,有时不脱鞋就直接上炕，谁家舍得把新被子让娃娃这么糟蹋呢？

新妈的娘家却赫然将一床新被子盖在炕上。他只在进门的那一刻匆忙地扫了一眼炕上，然后目光就怕冷似的蜷缩了，投在脚下的方寸之地，不敢看炕上、看门外，不敢和这陌生的一家子人说话，不敢看他们的脸，更不敢和他们的眼睛相碰。六女子的手滑开了，身子歪在炕上，还在吃吃地笑。那只手明明已经滑开了，他觉得它还是留在脸上，滑腻腻，冰凉凉的，那手上像是抹了一层含着油脂的冷水，那丝疼痛还在，沿着肌肤往深层渗。已经渗透了皮肉，往骨头缝里渗。他打了个寒战。

嗷，这是儿子娃还是女子娃？咋这么秀气？一个声音在门口翻了个跟头，撞进来了，一个长腿跨进门槛，一个手直接按在了他头上。他感觉头皮刺啦一声就麻了，头发一根根都扎直了。手在脑后摸索了一个半圆，快速滑到前额，捋住额前那一片柔发，将他的脸往起搬了一下，哦，柳叶眉，杏核眼，樱桃小嘴儿啊——她夸张的喊叫钻进他耳朵来了，他固执地甩了一下头，重新低下头，他生气了。浑身充斥着一种气忿忿的东西，这东西像一层透明的膜，别人看不到，但是实实在在罩着他。你得叫我五姨娘——，一个穿淡绿色上衣的女子跨坐在炕边，丝丝地笑，好像这笑声不是从嘴里发出来，而是从鼻子眼里挤出来的。哎呀妈呀，长得多像他妈，简直一副女子相嘛——，自称五姨娘的女子嚷，她显得咋咋呼呼大惊小怪的。

花被窝里的女人欠起身子第二次压制：五女子你疯啥呢？小心把人家娃吓哭了。

这句话刚落地，他胸口砰一声热了，一壶开水被人一把揭开了盖子一样，满肚子热汽，肚子里早就装不下了，这一揭开就到处横流。眼窝里涌满了热泪，泪水来得太急了，简直猝不及防。这泪水有温度，带着灼热的滚烫感，烧得他眼底发疼，就要扑出来往外掉落。一个声音在他心底大喊，你忍着啊，不要掉尿水子，大男人掉尿水子，难道惹人看笑话吗？姐姐知道了会笑破肚子的！他紧紧咬着牙，低头极力忍着。噗嗤，还是有一串泪落在了鞋壳上。条绒鞋面很柔软，泪水像一粒尘土，落上去无声无息，转瞬就被吸干了。他装作擤鼻涕，捏住鼻子狠狠拧一下，拧下一大团鼻涕。热乎乎的鼻涕在手心里像一团火，他知道再也不能犹豫了，拔步奔出门槛，把鼻涕抹在了台子下的砖头上。

抹完他愣住了，他的目光忽然转不动了。他发现这家人屋檐下砌台子的砖头有些特别，不是常见的红色，而是清一色的青色。青色的砖头？他是头一回见。这时候刚进门时候就浮现在心头的那个感觉更明确了，这个家和一般的人家不一样，和他所生长的那个村庄里的很多人家不一样，和他在舅舅家姑姑家姨娘家见过的那些人家也不一样。那些人家家家户户是土院子、土墙，盖房子全是干土打的胡基，台子也全是黄土筑成。眼前这人家的台子是用砖头堆砌的，沿着房廊檐往上走，黄土墙，青瓦，木头椽子，每个墙的转角处都包了一层砖,奇特的地方在于,都是青砖。砖头怎么是这个颜色呢?他从前只见过红砖,村庄里光阴富裕的人家,墙上屋脊都包一层砖,这是个讲究,好像通过这层砖就能体现一户人家的殷实,一律是红砖。青砖真的少见。新妈家这房子上下都包了青砖,更奇特的是青砖还在院子里铺了一条通道,从大门口开始,一直通到了这座房子的门口。好像这是一条青色的引线,会把进门的人乖乖牵引到这里来。他歪着头像个大人一样认真地回味着这座房子的特别之处。

他也算是娃娃当中浪亲戚比较多的,跟随着妈妈走过好多个村庄,但是他见过的所有房子都几乎是一个模样,就算存在区别,也是大同小异。但是这座青砖房真的是个例外,它是另外的风格。它坐在那里,显得说不出的沉稳、厚重。他抬手摸了摸砖,砖头很旧,几乎没有一个砖头的棱角是完整的,都或多或少地破碎了,磨平了,残缺了。砖缝里挤出青草浅黄的嫩叶子来。竟然还有枯死的老草残留在缝隙里,新芽是顶破老草的死尸冒出来的。

窗口传出说话的语声,女子在嚯嚯地笑,分不清是五女子还是六女子,她们两个好像一个模样,都很好看,都很泼辣,往人眼前一蹦子跳出来,就像一盆子火哗啦踩翻了,他就完全懵了,哪里还敢仔细去区别她们呢。他唯一的感觉是五女子身子细长一些,手也细长、白皙一些。他倒是对第一眼看到的大花被窝里那个身材娇小圆润的女人印象深一点,一种贵气的氛围笼罩着她,她显得既亲切,又有些说不出的威严,她一直在笑,但给人感觉那是个板着脸不苟言笑的人。她身上散发的气场压过了椅子上那个高大的男人。男人是麻脸,一张大阔脸上分布着很多麻子大的坑。肯定是冰雹砸出来的吧。他的声音也带着一股麻子味儿,这味儿让他想起连绵秋雨时奶奶泡在涝坝里发沤的麻叶秆子,让他只想离他远一点,不敢靠得太近。他想起来了,妈妈曾经说过,新妈是这个家里的老三,叫三女子,这两口子一共养了六个女子。那么,按照新妈已经出嫁的规律可以推算出老大老二早就嫁人了。那么,老四呢?也嫁人了吗?她长什么模样?和新妈、五女子六女子相像吗?新妈是很好看的,这一点他从父母吵架时候你来我往的言语交锋里听得出来,母亲醋溜溜说你吃着锅里的看着碗里的,看见弟媳妇就眼红,怪不到最近老往老人的屋子里跑,原来是另有所图啊。一家人早都分开过日子了,为啥今年还要把地里的活儿搅和在一搭干呢?不就为了多看看弟媳妇吗?父亲只是一个劲儿嘿嘿笑,笑完了说你就满嘴胡呛吧,她要是能听得见,不把你那胡说的烂嘴撕成八瓣儿才怪呢。新妈自然没有来撕,她和叔叔一样,是哑巴嘛。哑巴是什么都听不见的。就算是别人当着他们的面谈论他们,骂他们,他们也不会听到。就拿这次浪娘家来说吧,爷爷奶奶就当着叔叔和新妈小两口的面叽叽咕咕商议,差点就吵起来了,可是叔叔小两口一脸茫然。本来应该是新女婿陪着媳妇去浪娘家才合适。奶奶都已经准备让叔叔换新衣裳了。爷爷不同意,他仰头望着头顶上被初升的朝阳映红的彩霞，目光悠远而忧郁，慢悠悠舒一口气，说马雄那个老东西心黑得很，去了恨不能把咱的瓜儿子当驴使唤呢，现在拉粪、摆耧、种洋芋，没有半个月不把他那些重活苦活全干完了，不会放咱瓜儿子回家的。你就叫儿子去苦死苦活给人家当驴吧。

奶奶脸上慢慢落下一层灰尘，她的态度变了，变得比爷爷还坚决：对对对，马雄就是个老骡子，心比石头还硬。去年，刚把女子说给咱们家那阵子，咱娃娃不是去了一趟他家吗，被他整整留了十六天，把麦子豆子胡麻全碾了，洋芋挖了，高粱割了，才放人回来，真主呀，娃娃两手的血泡啊，烂到冬天才把旧疤脱尽。

爷爷奶奶就这样达成了共识，一条坚不可摧的防线竖立起来，奶奶给叔叔打手势说家里要拉粪了，他不能去丈人家，要浪就叫你"别花儿的"一个人去吧。叔叔跳着脚呀呀骂，他不愿意，可以看得出去丈人家就是上刀山下火海他也愿意，夜里小两口在灯盏下面商量好的事，他不敢变。面对这个好看的新媳妇，他又爱又怕，好像他不去一路护着，她就会被人一口给吃掉了。爷爷奶奶的话他就是不听。马东看见这时候多亏了他母亲。她耐着性子打手势，告诉叔叔丈人家只捎信让人家的女儿去，不让他去，他去了人家家里全是大女子，他哪里睡？难道和那些大女子睡一个炕上？羞羞羞——外人会拿屁眼笑话的。去年你在麦场里睡，半夜里凉气把肚子都冻得鼓胀了，难道你忘了？! 再说又不是叫你

"别花儿的"一个人去,叫我的儿子陪着去呢。他八岁了,是个小伙子了,肯定能帮你把"别花儿的"看得好好的。她就这么连吓唬带说谎,把叔叔给哄下了。马东跟上新妈上路了。

夜里马东用心观察,发现新妈家真的没多余的地方睡觉。老两口住上房。几个女子住另一间炕。叔叔真要来了,睡哪儿呢?他没看到另外的炕。马东只能跟着新妈和她的两个妹子睡。五女子一上炕就脱衣,很利索地把自己扒得只剩下一条线衣,胸口高突突跳荡着两团肉,马东的目光无意中撞上去,吓得他突突突一个劲儿心跳,打死也不敢再看第二眼了。他不敢脱裤子,囫囵身子就往被窝里钻。六女子吃吃地笑,骂:再脱就光了,宝都亮出来了!提醒了五女子,她慌张地看一眼马东,哇一声捂住胸口,好像有长虫把她咬了一口。她把被子堵在胸口,用打量长虫的眼神瞅着他,问:你个儿子娃,为啥要和我们睡呢?你真没出息!换了我,我宁可去大门外的麦草㧟里睡。要么睡萝卜窖洋芋窖,睡茅房,反正就是不应该随便和一帮女人家睡!

六女子定睛瞅着灯火地里马东的脸,说我咋看着不像儿子,越看越像个女子娃,看这眉清目秀的小模样儿,明明是女子嘛!

五女子嘴角一撇,究竟是啥,你扒下裤子看一眼不就清楚了?!

六女子那杏核一样好看的圆眼睛慢慢地绷大了,眼眸深处闪着调皮的光：那我看看？真看看？

不看白不看！呜——冷不防五女子从侧面扑倒了他，两个长细手铁耙子一样来扒他裤子。

马东呆了一瞬，很快反应过来，双手死死扯住裤腰，一个劲儿往后躲。六女子抓住他双脚，柔软的手猫爪子一样搔着脚心。他痒笑了，笑软了，手松了，一个滑腻腻的手在他肚子上腿上乱摸，呱呱地笑。他还是捂着身子，呜呜地哭，眼泪早出来了，竟然下雨一样地哗啦啦流淌，他渴望眼前有一堆棉花包，他就一头撞死去！父母半夜里嘀嘀咕咕吵嘴的时候，父亲被吵烦了，就会说哪里有棉花包呢，让我一头撞死去，死婆娘你不要拦！他一着急父亲常说的话就从心里冒出来了，他想我也一头撞死去。他精心捂着的一个秘密被这两个猴女子给生生地扒拉开了，他觉得无比羞耻，无地自容，只能呜呜地大哭，只想一头撞死去。

她们还在笑。柔软的身子长虫一样扭动着，笑成一团，互相推搡着，捶打着，六女子说你真坏，坏死了！五女子唾沫星子直飞，你个碎婊子，都是你这碎婊子带的头！新妈也在笑，她不来解救他，笑声在嘴里打转，呜呜呜，呜呜呜，好像在哭。

麻脸男人他要叫舅爷。但他一次都没叫。舅爷很忙，给人感觉他也就夜里回来睡个觉，天一亮吃过早饭就推上自行车出去了，去了哪里，他看着一家人相送的脸色明显沉重着，就不敢多打听了。

这个家有很多奇怪的地方。他记着来的时候母亲一边帮他穿鞋一边说去了多听话,学乖点,那可是大富汉家,规矩多着哩,少动人家的东西。

中午,舅奶奶睡着了。几个女子干活回来也累了,大家横七竖八趴在炕上就睡。他睡不着。坐在椅子上悄悄看。只有这时候他才敢放心大胆地打量这个家。一张木桌子,又瘦又大,又很高,他踮起脚尖才勉强看到一张木纹交纵的桌面,桌子上蹲着三个大香炉,香炉的肚子一律向外鼓胀,上面印着花儿。一个木盒子,四个边角都用黄铜花瓣包裹着,一把黄铜锁子静静挂在开关上,不知道里头装的啥。他愣了一会儿,猜不出那里头究竟会装着啥。他爷爷也有一个木盒子,里头装的是《古兰经》,只不过爷爷的盒子要比眼前这个简陋得多。一个大座钟,像威严的麻脸舅爷,端坐在正中间一动不动,只有玻璃肚子里那个亮亮的桃形吊坠一左一右地荡。他把目光固定在吊坠上,目光也一左一右地荡。荡着荡着,他觉得胸口的心也跟着一左一右地荡。向左一下向右一下,向左一下向右一下,动荡很均匀。他觉得每一次靠边的时候,这吊坠都要甩出去,那坠子分明饱含着力量,沉甸甸向着一个方向尽情地甩,他就隐隐担心,万一甩出去再也回不来咋办?脱离了座钟的控制,哗啦砸破了玻璃咋办?担心自然是多余的,每一次担心的结果是,眼看着那坠子甩到了最边上,却被一股神奇的力量牵引住了,它从最大限度的沉重,忽然完成了一个转换,变得无比轻盈,像蜜蜂张开了翅膀,划动着空气,无声无息地向着另一个方向滑去。这让他想到花儿在阳光下奋力张开花瓣的样子。座钟头顶上是一匹马,黄铜色,抿着耳朵,扬着蹄子,一副蓄足了力气就要狂奔的样子。却被瞬间定格住了,永远要奔跑,永远挣不脱这座钟的束缚。一个声音穿透了红色木头匣子,跑出来,咔——咔——咔。他抬起头看天,天晴着,有风,但是没云,他却有种奇怪的念头,下雨了,廊檐在滴水,一下,又一下,每一颗肥硕的水滴,沿着廊檐滴落,过程匀速、悠长,像一个面容模糊的女人在叹息,每一声都带着荡气回肠的韵味。他听呆了,痴痴望着玻璃。一缕细细的东西在心头荡漾,看不见它是什么,只有一颗少年的心为它起起落落地担忧着。是忧愁吧。他哪里知道自己已经在这个正午尝到了人生中的第一抹忧伤。他悄悄出门,蹲在屋檐下看,那些青砖头被风吹得泛白,落水的地方铺着一层青石,青石深黑,有往年滴过水的痕迹,一个石头一个水窝,圆圆的深深的,他从这些水涡上看出石头和这屋子一样很老很老了。有多老呢?他拿不准。问谁呢?新妈不会说话,她也顾不得管他,一来这里就扑在了娘家的农活上,她像个男人一样带着两个妹子成天种地,她干活泼实的样子令他吃惊,在他家里她还是个崭新的新媳妇,奶奶还没舍得叫她下地去呢。到了娘家就完全不是了,换一身旧衣裤,一声不吭就知道埋头苦干。他看着这劳动的架势,才恍然懂得爷爷奶奶不叫叔叔来真是英明的决定。新妈肩头扛着死重死重的步犁出门,叫他看了都心疼呢，在他们庄子里，一般都是大男人扛这些重活儿呢。现在新妈睡在炕上，脸和手进门后洗过，可是新媳妇一个冬天养出的细手和白脸，早被这十来天的风吹日晒磨损得没剩下多少，脸蛋和脸颊尤其明显，肌肤毛刺刺的，贴上了一大坨一大坨的红斑，手更粗，像玉米面干饼子上裂开的那些缝子。时间咋过得这么慢啊，快点回去吧，他真是记不清来了有多少天了，每一天比前一天更慢，更长。他常常望着屋檐下那些暗青色的砖头走神，新妈带着两个妹子出去干活，舅奶奶在大红被子下睡够了，慢腾腾爬下来，脚上踩一双干板底子的黑条绒鞋，但不是奶奶脚上的那种老太太鞋，眼前这对儿鞋没有后跟，鞋尖圆圆的，像一个包子扣在那里，然后两道鞋帮子沿着后跟往后走，一针一线纳过来，到了后跟那里没有汇合，渐渐地消失了。缺失了后跟的鞋穿起来不用弯腰提鞋，上炕的时候也不用费劲拖鞋，看上去很方便。他看着就很新奇，想问这是个啥鞋，又觉得不好问。唉，姐姐在就好了，姐姐可是啥都知道啊，好像这世界上还没有她不知道的，就算实在不知道，她也能在脑子里想出一个大致差不多的答案来。他不行，他的脑子里空空的，就是把脑仁子想成熟面糊，也还是一团糊涂。舅奶奶不下地干活儿。一次都没去。这又和别的女人不一样。奶奶就常常下地，有时候要是活儿轻，一个女人能对付得了，奶奶干脆不让儿媳去了，说你在家里奶娃娃做饭吧，拆拆洗洗的，都交给你了。奶奶就怀里抱着一个洋铁盆子，跟在步犁后面往犁沟里窜豆子。奶奶啥活儿都干呢，没有人因为她上了年岁建议她缓下来，奶奶自己也从不拿自己当老人。舅奶奶和奶奶完全不一样。他又想起扇子湾里很多的老奶奶，那些和奶奶年纪差不多的老奶奶，也都还在干活儿啊，谁也没有像舅奶奶一样专门养在家里。舅奶奶算得上老人吗？他觉得不像。她看着也就比他的母亲大了一点吧，和奶奶比，真的很年轻。但是舅奶奶哼哼唧唧的，动不动攥着一个圆润的小拳头敲打自己的膝盖骨，说哎哟哟，人老喽，不中用喽，年轻的那阵子啊——他透过一层迷离的烟雾去瞧舅爷的脸，那张麻脸上的麻子不知道被旱烟熏染了，还是麻子也刚刚过了烟瘾，它们一颗颗明灿灿的，分外精神。他想起一个隐藏的疑惑，这两口子，悬殊也太大了，男人坐在那里更胖更大了，像一堆生肉堆在炕里。女人身材娇小得像一朵安静地打开的花朵儿。他记起姐姐说过的一句话了，姐姐说夜里睡觉的时候男人都要趴在女人肚子上去压着女人的，为什么压呢，只有压着才能压出娃娃来，不然哪里来的娃娃呢？他将信将疑，姐姐有时候说的话没错，有时候又很不靠谱，满嘴跑马呢。再说那么大的炕放着，睡着多舒坦，为什么单单要趴女人肚子上去呢？不垫得难受？他懒得和姐姐争辩。但是看着这一对夫妻，姐姐的话像一只躲在肚子阴暗处的蚰蜒，慢腾腾顺着他的嗓子爬上来了。这浑身生满纤细小毛的软体虫子要爬到哪里去？要从他嘴里爬出来吗？他悄悄伸长脖子艰难地吞咽唾沫。这蚰蜒爬着爬着忽然变成了一个很奇怪的念头,舅爷会不会趴在舅奶奶身上睡觉?会不会?究竟会不会呢?他又做贼一样溜一眼炕上的一对男女,他确定这话是假的,舅爷这老脖牛一样的身子,往舅奶奶绵羊羔一样的小身子上一趴,不把她活生生地压碎才怪呢。可是,有一个画面像鬼影子一样在他心头晃荡,黑乎乎的夜里,那个巨大的红被子下,舅爷一堵墙一样的身子压在单薄的舅奶奶身上。这是为什么?为什么会有这固执的念头?他狠狠地摇头,舅奶奶从他眼前头走过去了,没后跟的鞋走在青砖上没一点声息,好像声音从那鞋底子上还没发出,就被青砖及时吸没了。舅奶奶的每一步都带着一股特别的味道。这味道是什么呢?他说不清楚,反正这味道奶奶身上没有,母亲身上没有,从前他见过的很多女人的身上都没有。所以这味道真的有些特别。舅奶奶去后院里解手,然后出来站在院角一个用秃扫帚杆子围成的小园子跟前看,看一会儿,忽然叹一口气,说日子过得快啊,今年这牡丹花儿又发芽了。她不去大门外眺望一眼漫山遍野正跟在牲口屁股后面耕作的人们,也不记挂记挂正在地里种豆子的女儿们,她叹息完了,慢腾腾往屋子里走。抬脚迈上青砖的时候,他发现她的腰细溜溜的。他看呆了,这种细让人有一种莫名的担心。她不说话,尤其不和他说话。家里只有他和她一老一小,她在屋子里待着,他在屋檐下发呆。整整一个上午,他们说的话不上十句,有时候可能会连一句话都不交谈。她走过的时候,他假装低头看蚂蚁。她进了屋里,他闻到空气里多了一股甜丝丝的味道。起旋风了。旋风不是从外面来的,硬生生从院子里冒出来的,等他注意到,它已经像个迷路的孩子,在下院子里孤单地乱转,扑晃,转了一圈又一圈,摇摇晃晃的,边转边快速成长,转眼就长大了,大得有半个墙高了,但还是找不到出去的路,只能继续转。转着转着,渐渐地瘦消下去了,最后在他的目光注视下变成了细细的一股凉风。他记得自己是从西边来的,出发之后沿着日头升起的方向走,那么回家的时候就该踏着落日往前走了。

这会儿趁着她们母女们午睡,他悄悄离开,跑回家去吧,他真的很想回家,想起来就眼泪汪汪的。他慢慢走出大门口,扒着门边往外探,看到的是一个很大的麦场。新妈家院子大,屋子大,麦场也很大。这么一户里里外外都大得辽阔的人家,却没有养出一个儿子来,只有一堆女儿。

他望见几个娃娃在另一个麦场里耍。他们和他一般大小。耍得很投入,一个个把自己弄成了土猴。最显眼的是一个脑袋秃光光的小子,怀里抱着一个大瓦罐。他一眼就看出那瓦罐是个尿罐子,因为尿碱结成的尿瓜瓜从里头蔓延到外面来了。瓦罐口泛着一层白花花的尿印子。他奶奶也有这么一个瓦罐子。实际上扇子湾的很多人家都有这么一个瓦罐子。他陪着奶奶睡觉的夜里,尿憋了,光屁股跑下去,蹲在上头像女人一样唰唰唰地响。

那个哥们为啥要抱一个尿罐呢?他觉得好奇。好奇化作一只柔软的小手,很贴心地牵上他并给他引路,慢慢地往出走,慢慢地往前走,一直走到舅爷家麦场的尽头。他想加入这个队伍。在他们扇子湾,他有很多玩伴,大家成天在泥土里打滚,上山放羊时候也到处是朋友。他想和眼前这几个娃娃交朋友。

舅奶奶睡觉的样子有点特别。睡着了也端着一副架子。头巾和衣服一丝不苟,淡黄的脸上那些皱纹也整齐地排列着。她的嘴半开着,一个声音在响,从身体深处发出。听着有点怪异。他当时在椅子上扭动身子,他想确认这声音是从鼻子里还是那半开的嘴里吹出。不能确定,不好辨别。她好像呼吸很困难。明明鼻子孔在翕动,但是那声音不像呼吸声,是一个声音在呐喊,从肚子深处带着痛楚冲了出来。经过嘴巴的时候,声音被一个看不见的大手卡住了,莫名其妙地削弱了,只剩下一束轻薄的气,吁——吁——,一下长,一下短,交替响着。一时粗短,一转眼又变得悠长。他溜下椅子,想爬上炕去跪到跟前仔细瞅瞅舅奶奶。炕沿太高了。他望着炕沿犹豫。这一点都不像他们家的炕沿。他家的炕沿是黄土泥巴做的,他屁股一抬就上去了,被娃娃们上上下下地磨蹭,炕沿边的黄泥巴泛着油亮的光。舅奶奶家的炕本来高,边沿上又加了一道深红的木头杠子,他要爬上去有困难。他踩住炕沿下的青砖往上攀,吁——吁——声响还在继续。眼看爬上去了,他却愣住了。他看到了一张陌生的脸,睡着的舅奶奶的脸。要不是他已经看惯了的那件衣服、那块头巾,他真不敢确定眼前的这张脸的主人就是那个舅奶奶。

给人感觉她乘人不备，悄然将自己换了一个人。

他叫油布子。他听见一个女娃在喊，油布子，你把你妈的尿罐子抱上做啥？小心打破了你妈熟你的皮子呢！那女娃真瘦啊，一个巴掌大的脸上咕噜咕噜滚动着两个大得辽阔的眼睛，黑眼珠子远远地压过了白眼仁子。人瘦，声音却脆生生的，很有气势。

他鼻子里闻到了一股臭味。羊皮泡在大盆里，撒上硝，泡出一股熏死人的恶臭。这就是熟皮子了。爷爷喜欢熟皮子，羊皮，狗皮。所以大家骂人的时候，常拿熟皮子来说事儿。这个叫油布子的娃娃真要摔了怀里的尿罐子，他妈自然不会真的像熟狗皮一样泡他的皮子吧，他无声地笑了。觉得心头一直压抑的阴云裂开了一道缝，明亮的阳光洒进来了。自从进了舅爷家的门，他就没有开心过。尤其怕看到舅爷那张旧抹布一样的麻脸。舅奶奶精致的细绸布小圆脸上总会闪出一层油油的光。这层光让他觉得她不真实，这和他熟悉的奶奶的味道不一样。让他只能远远躲着，不敢靠近。

舅奶奶还在枕上奇怪地呼噜着，那是呼噜吗？不像啊，爷爷就有打呼噜的毛病，睡到深沉处，呼——呼——，地动山摇，把猫儿吵醒了，气得跳下炕走了。它本来是优秀的呼噜手，但是在爷爷跟前，它的气势差远了。爷爷那才是真正的呼噜。那么舅奶奶这个又属于什么呢？呼吸声不会这么长啊，哪个女人的呼吸会这么吓人呢？

油布子手里的瓦罐不见了，他正忙着玩泥巴，左右手里都抓着泥巴团,那个硕大的瓦罐被他戴在了头上。瓦罐太大了,他戴不稳,那个灰秃秃的家伙就在那根细拐拐的脖子上一摇一晃地颤动。他惊讶得差点喊起来,这个油布子,咋把尿罐子戴头上了?他慢慢往前凑,就算是和一个头戴尿罐子的家伙一起玩耍,也比一个人待着有意思吧。这些天的日子,真是像坐监狱啊。这些天谁和他说过话呢?舅奶奶不爱说话,就算说,也是黑着脸给几个女子吩咐活儿,今儿种完胡麻,明天拾掇播莜麦吧!今晚夕晚饭做搓面鱼鱼吧!五女子去沟里再担一回水吧!……她几乎不和他招嘴。新妈不会说话,饭熟了,大家都在炕边上围住一张小木桌吃饭时,新妈把一碗推给他,这就是交流了。倒是麻脸的舅爷和他交谈过一次,气氛很正式,他在抽烟,纸烟,不是哑巴叔叔用破报纸卷的莫合,而是带着软蓬蓬丝绵屁股的过滤嘴儿。为着吸烟,爷爷没少骂叔叔,说老旱烟一股臭味,能熏死人,抽旱烟棒子的人,还有个老回回的样儿吗?没教门了啊——奶奶护着哑巴儿子,小声小气地劝慰说他是个瓜子嘛,天聋地哑的,就叫他抽去吧。想不到这个舅爷下巴上的胡子都那么一大撮了,也抽烟,还这么厉害。只是这种烟没臭味,烟雾冒起来不像莫合烟那么稠,轻轻的白白的一股,慢悠悠往头顶上绕,直到把那一张大麻脸的尖鼻子、一个大一个小的三角眼和一个扁平巨大的额头都遮盖住了。舅爷的声音从烟雾里透出来——谁叫你跟上你新妈来我家浪亲戚的?

烟气缓缓散尽,脸上的麻子一颗比一颗清晰,像谁嗑完了麻子，很细心地把麻子皮一个个倒扣着按了上去。

舅爷不看他，看的是窗外。窗外木头檐角下有一个燕子窝，去年的吧，窝边上撒播的燕子屎白白的。今年的燕子也该回来了吧。屋里有一股奇异的味道。这是和他家不一样的。他家里爷爷只要一有空就会念经，奶奶早晚礼拜点一根卫生香，而这个家里很少点香和念经、礼拜。所以缭绕在鼻息间的不是卫生香淡淡的味儿，而是另外一股味道，这味道，有些潮湿，好像泛着一股难以说清的古老的薄凉，对他来说是陌生的。

两个老人的目光都在注视他。他的脸已经红了，烧得发烫，心不由得乱跳，他感觉爷爷奶奶的伎俩被他们看穿了。他这一趟来，也似乎具备了另外的不可告人的意图。本来这种安排是大人做出来的，可是在眼前这种气氛里，在这意味深长的目光注视下，他的心虚得没底了，他感觉是自己给自己安排了这一趟行程。

本来，是你哑巴叔叔要来的，对吗？叫你爷爷奶奶给挡下了是不是？

他一个问题一个问题，慢腾腾地问。

问之前吸一口烟，吐出来，然后看着烟雾和时间裹在一起慢慢消散。

他的脸皮肯定比舅奶奶腿上那被子还要红，红透了，脖子也红了，肚皮也红了，肠子里的褶皱也红了，全身里外都红了。

他忽然恨起爷爷来了,好好的为啥跟人家耍心眼呢?你哪里耍得过这个人呢?大人对付不了就把我一个娃娃支使来了,你自己咋不陪着儿媳妇来走这一趟呢?

舅奶奶有双很特别的手,五指短、细、白,喧腾腾的,她用一个手揉搓着另一个手,说你在娃娃跟前就不要胡说了,他懂个啥?

舅爷的头摇得嘣啷啷,脸上的麻子多亏扣得牢,不然会哗啦啦落下一层来吧,不,不,人小鬼大嘛,听不懂一二三,还不会当个传声筒吗?把话捎回去就行了。

传声筒是个啥?姐姐在身边就好了,不明白的可以问她啊。

这个家里他唯一可以说上话的是六女子。虽然她动不动就来捏鼻子,捏的时候麻酥酥的,他就傻了,他希望那滑腻腻的手在鼻子上多捏一会儿,但是她这女子脾气怪,重重地捏一下,忽然滑开了,吃吃地笑,问他,疼吗?他傻笑。说实话,她笑容里有一股很甜的味道,让他看了就发傻。这时候屁股上往往会嘭——,挨一脚,是五女子冒出来了,她一对细长的眉毛往两鬓吊起来,手叉在腰里骂:还有皮脸笑啊——吓——!六女子笑着骂五女子粗暴,骂完了用自己细长的手摩挲他的头。头发滑溜溜,她的手也滑溜溜,她无声地笑,问,你几岁了?啥时节过的岁儿?想家么?这一问他的眼里就悄然涌上一种热辣辣的液体。

他们用尿尿和泥。他看见那个油布子把头上的瓦罐往后推了一下，拉开架势，掏出一个东西对着一堆土用力。旁边的女娃娃站远了，盯着他，催他快点。油布子龇着牙说他刚尿过，再尿不出来。女娃娃的门牙空着几个，红秃秃的牙板上吐出一句黏糊糊的话，真没本事，我长大不给你当媳妇了！油布子的身子艰难地抖动着，逼着自己从身体里往外挤液体。

他忽然觉得小肚子胀，胀得难受，隐隐作痛。他想我可以尿，只要你们允许我加入你们的队伍，我美美地给你们尿一泡热的。他跟上姐姐放羊时，也常在山上尿尿和泥耍。

没人注意他。他蹑着脚步走过去，站在他们身后。身体深处的一泡尿被什么唤醒了，一种很快乐的痛感迅速在全身上下流窜。

他想起来了。风在院子里无声地绵长地刮着，树叶子在风里晃，杏树干枯的花瓣在尘土里飞，梨树枝头刚展开的新白也被干风一把一把扯下来了。舅奶奶就在这样的午后酣然长睡，嗓子里蹿出一种古怪吓人的声音。为了躲开这声响，他溜出来了。他想回家。

舅爷没有等到他说话。其实舅爷也不是在等，他就是一心抽烟，边抽烟边腾出嘴发感叹。他说我还在位子上没下来呢，人人都躲着咱走路了，等我这官儿丢了，还不知道是个啥嘴脸呢？舅奶奶雍容的脸上忽然透出一抹凄凉，说该走的后门都走了，能求的人也都求了，剩下的事儿就由命去吧，就盼着能把你保住。

哪有一辈子的红运呢？唉——

舅爷的叹息好长好长啊，比他烟头上冒出的白色烟雾还悠长。

油布子还是尿不出来。那个女子娃脸上都是土，眼珠子咕噜咕噜转动，细碎的尘土被抖落了，扑刷刷顺着眉毛溜。她生气了，说你还长大了给我当男人呢，当个屁，真没用！

他双手捂住了肚子。小肚子里硬起了一块，早晨喝的小米汤，这会儿全变成一泡清尿了。他摸着小肚子，看着这些被尘土蒙蔽了五官的娃娃，忽然觉得很想家。想得想哭。想家的感觉这一瞬间膨胀到了无限大，他觉得自己的身子里除了那一泡热尿，剩下的全是思念。思念像水，像风，像火，像空荡荡的空气，像舅爷家辽阔沉闷的院子和黑洞洞的仓库窑洞。舅爷家的院子大，房屋大，存储余粮的那孔窑洞也大。新妈进去舀油，他跟进去过。麦囤子高到头顶上去了，他根本看不到顶，只能闻到一股麦草砖和麦子挤压在一起发出的让人踏实的五谷味儿和陈旧的霉味。清油装在一口大缸里。缸几乎和他一样高，他趴在缸沿边望，看到绿油油的油面上映出一张纸片一样单薄的小白脸儿。

舅爷家这么富有，可他还是想扇子湾自己的穷家啊。

记得出发时候母亲悄悄扯一把耳朵，说人家可是大富汉家呐，吃喝不缺，油水大，你去了就好好吃。

他留心对比过，舅爷家真的比他家吃喝好，白面饭，汤里浮着一层明显能看见的大朵油花儿，用筷子蘸一下，放舌尖上能尝出油的香味。隔三岔五就炸油香,炸出来放在一口缸里,缸在仓库窑里凉快着,想吃的时候就由五女子或者六女子用那个小茶盘子端几页出来。可是他还是想自己那个土苍苍的家啊,爷爷奶奶,父母叔叔,姐姐,想每一个人。在自己家里多自在,心里想啥就说出来,一点都不用在心里小心翼翼地憋着。回想起来,就连爷爷生气时候骂人,也是洋溢着亲切味道的。

舅爷的麻脸和舅奶奶的黄脸,散发出两种味道,那味道弥散在屋子里、院子里,整个家里的气氛都怪怪的,让人高兴不起来,不敢大声说话,不敢随便到处耍。这些日子他的心就像还没展开的嫩树叶子一样羞怯地蜷曲着,睡梦里也不敢把自己舒展开。

油布子急了,狠狠地抖着一个黑瘦又丑陋的小鸡鸡,说我就不信我尿不出来?日了鬼了——头一勾,脖子一软,瓦罐滑了,只是一眨眼的工夫,那个灰沉沉灰苍苍的臭家伙已经躺在地上了。它肯定是太累了,想趁着油布子这个小主人不留神,赶紧溜下来歇一歇。孩子们的目光齐刷刷集合了,集中到了这个丑家伙身上。它像一个一直沉默不语的人,忽然在人群里放出了一个巨大的响屁。它没有理由不成为焦点。成了焦点,它还是那么低调沉默。它破了。破得很含蓄,很收敛。不是破罐子破摔的那种破,不是撒泼撕脸的那种破,只是在圆圆的鼓肚子上裂开了一条线。它好像被甩蒙了头,完整地在地上躺了一会儿。恍惚了片刻,然后醒来了，缓缓地沿着那条线，把肚子打开了。一些白花花的碎片森然从裂口上大量地往下掉落。

他狠狠捂住小肚子。一股热辣辣的水流沿着两条腿的内侧往下奔涌。憋痛感被水流带走了，一股前所未有的舒畅感从脚跟那里一路往上延伸，瞬间就游遍全身。释放的感觉真美妙啊。可是他照旧紧紧捂着肚子。瓦罐的肚子破了，它像一个养娃娃的女人，再也顾不上羞耻的女人，肚子白晃晃晾在那里。它肚子里厚厚积着一层尿碱，尿碱也碎了，一片片惨白，坚硬，面目狰狞。几双眼睛呆呆看着这层白森森的硬片，这多像暖水瓶打破后肚子里流淌出的那种白色碱垢。他往前凑了一步，他觉得奇怪，怎么感觉这瓦罐的肚子分裂后，竟然暴长了一大圈。破开的一半都要比原来的囫囵个儿大一些。油布子搔搔头，说哇，这尿瓜瓜咋这么白呢？比白面还白！

不，比你妈的脸蛋子还白！

另一个男娃娃撇着落满尘土却依然红艳艳的薄嘴唇，这句骂人的话几乎是从他的双唇间冒出来的，骂完他掏出一个肉红色的牛牛对着那一堆土唰唰唰尿开了。尿柱高高地扬起，在半空里张开了，像鸟儿的翅膀要飞翔，但终究飞不远，最后划了个圆弧落下来。在阳光下，大家看到了一道散发着尿臊味的奇异彩虹。

油布子哇一声哭了。

人群后面一直沉默的马东也哭了。

油布子抱着头往家跑,说我妈会打死我的,我把我妈的尿罐子打了——

马东夹着腿子往向阳处跑,他怕见到人,怕人看到他一瞬间湿得精透的裤子。

孩子们轰地散了。剩下一片白白的尘烟在原地慢慢地消散。像一个白日梦,朦朦胧胧刚开了头,就仓皇地醒了。

风吹过,凉劲入骨,想不到晚春的风还是这么冷。他打着冷嗝慢腾腾向舅爷家的大门挨近,心里渴望能到热炕上去暖暖。他知道这是不现实的,这里不是自己家,自家那个土炕,他想啥时候上去就啥时候蹦上去,有时上得急了连鞋也不脱。舅奶奶家的炕上铺着羊毛毡,纤尘不染,肯定不能随便上去取暖,尿尿捂干的时候会发出一股臊味,那时候大家都会闻到臊味的,谁也瞒不过去。

舅奶奶在骂人。他刚在门口冒出头,骂声就硬邦邦砸在了头上。他第一反应是伸手捂住双腿,弯下了腰,身子使劲往小了缩。舅奶奶她站在青石台阶上,没戴盖头,小圆帽白得炫目,即便是在骂人,她的衣着打扮还是一丝不乱。他看见新妈站在厨房门口,六女子杵在下院角,五女子手里拎着个背篓。大家中了定身法一样地呆站着,就那么聆听着舅奶奶骂人。他不敢公然走动,小半步小半步挨到台子下面,站着听舅奶奶骂些什么。女人骂人的场景他见过很多,母亲骂他和姐姐,邻居家女人骂娃娃,最热火的是村里那几个出了名的女人互相吵架,那才是真正的骂人呢,骂得很有水平,像创造艺术品一样，骂得地面上的尘土乱飞呢。就连奶奶那么老好的女人，胀气得不行的时候也是会骂人的。骂人在村子里很常见，一点都不值得大惊小怪。可是有谁能像舅奶奶这样把骂人进行得这样悠闲呢？她居然还端了一盖碗子茶，吹一吹，抿小半口，骂：我养了你们一堆女子，顶的啥？啥都不顶！再吹一吹，抿小半口，骂：你大的支书叫人给换了，他老了是一方面，还有一个重要的原因呢，他没个后人嘛，你们谁要是个儿子，给他跑腿帮忙，他就不会那么吃力了！再抿一点茶水：一个个没良心的货，有了婆家就不认这个家不认娘老子了！大女子、二女子不带女婿来春种，三女子刚嫁出去，女婿竟然也没来！你大刚从官位上下来，茶就凉了啊，等明儿你们两个也嫁出去，这个家只能空了，成了野狐子窝了，最后肯定会叫荒草把院子淹了！

最后重重呷了一口茶。

他看呆了。这个女人竟然喝茶，像男人一样喝盖碗茶。在他家里，只有爷爷和父亲喝茶，他很少见到女人正经八百地喝茶。舅爷抽烟，舅奶奶喝茶，在这老两口身上，把平时罕见的事儿都变成了平常事。

舅奶奶像男人一样慢慢把茶水顺嗓子溜下去，接着数落：家里家外，又脏又乱，没个样子！院子、台子，你们看看有多脏？看看大门口，乱柴铺了一层，不怕挡死人吗？牛快饿死了，你们听听，扯着脖子叫呢，都快把嗓子叫哑了！麻雀要反了，把窝都安到房檐下来了，这咋行？你们端饭的时候就不怕它给你拉一泡热屎到碗里吗?

他不由得抬头去望屋檐。不知何时燕子来了,正在热火朝天地衔泥加固旧窝呢。麻雀在哪呢?找不到啊。

大门为啥大开着呢?春风这么大,乱风把多少尘土给刮进来了?梨花刚打苞儿,就眼睁睁看着让邪风打死吗?

舅奶奶骂到哪儿,他的目光就随着投射到哪儿。大门确实大开着。但是风真会把梨花吹死吗?他疑惑地去看当院子那棵几人高的大梨树。它全身的关节上鼓胀出一嘟噜一嘟噜的新苞,离花开还需要几天吧。

他觉得不能这么听下去,让老人越来越生气,就悄悄溜过去把大门关上了。他刚走开,舅奶奶咽下一口茶,说:关一扇大门就够了,谁叫你都关了?大门开在那儿就是让人出出进进走的,难道是关起来当样子看的?大白天的关上门,难道让人来了翻墙头进来吗?他呆住了,这不是在骂他了吗?舅奶奶的矛头直接指向他的头上来了。他不知道该咋办,没勇气再过去把门打开,就傻傻站着,半懂半糊涂,埋头继续听舅奶奶讲故事一样数说着一些他不知道的事儿和这些事儿在舅奶奶心里陈酿发酵引起的委屈。

这个春天的午后在舅奶奶的骂声里显得分外冗长,他低头看自己的影子。影子怕冷,又怕热,蜷缩着身子,又膨胀着躯体。影子在慢慢地颤抖,在飘忽,在走神,在渴望逃离这里。吹在脸上的春风,青石缝里探出的草,草根上的泥土,头顶上的云,大家都在看着这一幕,共同组成了一个干燥慵懒的春日午后。

他觉得昏昏欲睡,风吹在脸上凉凉的,蜜蜂在风里飞,翅膀划出一束渺远的余音。春种新翻起的泥土味儿还没有完全沉寂下去,在空气里若有若无地游离。在这慢悠悠的责骂声里,他迷迷糊糊明白了,舅奶奶这个女人,活得不如意,小时候家里是大富汉、大地主,她怀念那时候人们的勤劳,女人的贤惠,人心的善良,相比之下,现在的人让她很失望,她觉得伤心,所以要骂人,骂人不是她的本意,她实在是难以忍受,看不过去,才不得已要骂上几句。

终于来了一个大旋风。它在梨树下涨起来,像一条巨大的蛇,很快伸直了腰,抬起头来,做着快速旋转,越转越肥,闪眼间已经粗壮得像水缸了。尘土被驱赶着,卷起来,哗啦啦响,好像有无数的巴掌,呼啸着要扇人的嘴巴,舅奶奶娇小的身子很快闪进门去。他呆呆站着,想象舅奶奶那张黄白的脸,肯定很少出来扛着毒日头下苦,下苦的女人哪能养成这么一张富态的嫩脸呢?

嘻嘻嘻——嘻嘻嘻——有人在笑。旋风扩大了,却不散架,声势大得能把人卷走。他还是站在风里,单薄的身上,衣衫裤管里灌满了风,尘土乱柴鸡毛好像从风里长出来的,围着他打转,他是一棵树,风要把这棵树连根拔走。

快快快,快对着旋风吐唾沫——呸呸呸——呸呸呸——一个声音急慌慌喊。就算是很慌乱,但是那声音还是很好听。他被提醒了,真的对着旋风吐了两下。一个细软的手扯着他往屋子里跑。妈呀，了不得了，这娃可能叫旋风把魂儿给勾走了——是五女子，她咋咋呼呼的。舅奶奶坐在炕上哭。他忽然有点感激五女子，感觉她没有一开始见面时那么讨厌了。

舅奶奶不理风风火火的五女子，拿着一片手绢揩眼睛，说我的四女儿啊，模样儿最乖巧心性儿最乖顺，最孝顺最听话的一个乖女子，你要是活着，肯定愿意留下来招女婿，给我们把门户撑起来，让我们老两口身后有个托靠——

五女子皱着鼻子，说妈你不就是魇住了我们没及早喊醒来嘛，用得上瓜儿长蔓儿短地扯出这么一大摊子旧事吗？我们错了还不成吗？我们姊妹给你认错还不成吗？春天了，春乏严重啊，我们刚从地里回来，实在是乏得不行啊——说着她就在舅奶奶的注视下，拉长脖子打了个长长的惊天动地的哈欠。

一个熟悉的声音在门口呀呀地吼，是新妈，她冲着他一个劲儿招手，他刚走到门口，她就一把攥住了胳膊，噔噔噔往出跑，高高的青石台子差点将他磕倒。新妈那张好看的新媳妇的脸，已经落满了风吹日晒的痕迹，她呀呀地比画着，意思是回家，咱们回家，回咱自己的家，不给这儿下苦了！

他被拖着颠颠簸簸小跑出大门，下了一道短坡，看见舅爷家高大威严的大门楼子渐渐在眼底远去，慢慢地醒悟过来，新妈想家了，想哑巴叔叔了，想扇子湾那个热闹温暖的婆家了。他无比狂喜，早该回去了，他对那个家的思念远远超过了新妈。

两个人沿着来时走过的路,重新从一家一家的门口经过。天气比来的时候热多了,走着走着就冒汗了。汗出来就得擦,擦着擦着,就犯起困来,山路咋这么难走呢?走得人也困了,脚也酸了,腿也软了,来的时候那一双夹脚的新鞋,变得松弛了,有点跟不上脚了。新棉袄已经没一点新意了,像一张老羊皮罩在身上,又厚又硬,说不出的难受。他看见路畔的树木和野草、还有麦子苗,都比来的时候猛蹿了一大截,笼罩着它们的那丝丝缕缕的春乏,总算是褪尽了吧。初次来到新妈娘家大门的情景历历在目,新妈带着他绕过一家又一家昏昏欲睡尘土掩蔽的大门,终于在那布满暗绿油漆深绿泡钉的双扇木门前收住脚步,抬手推门,吱嘎一声,门轴像一个昏睡的老人一样深沉地咳嗽了一声,现在他明白了,门也在犯春乏啊,被他们惊醒后,它伸着老迈的懒腰打了一个长长的呵欠,而迈进门的那一刻,风尘仆仆的他分明从一个悠长的梦里走了进去。

摘星星的人

喊喊喳喳的声音一直在响，女人把头伸进后院柴门看了一回，不敢出声，悄悄退出来，过一会儿又来探视一回，犹豫着，就是不敢出口劝他一句。缓缓吧，不累吗？吵得人心里泼烦啊！真想这么恳求他。但她始终没有说。老树顶上传来梆梆梆的敲击声，可能晚秋天气干爽，树干枯硬，这声音显得很清亮。一声跟着一声，脆生生的。她不由得抬头去望，树叶子早在第一场清霜之后就落尽了，光秃秃的树干上，一个啄木鸟抱着树身子，长长的嘴巴对着树干敲击。啄木鸟喜欢从树洞里掏虫子吃，难道老树身上也有了虫子？她发现他也被这声响惊动了，仰起脖子看，不知道想到了什么，竟然看呆了，手里的活儿终于停下来，只顾看着发愣。

你肯定认得我家马丹。你告诉我你是不是认识他？你不要不理我，我觉得你有点眼熟呢，夏天的时节你就常来这棵树上，那时候马丹还端着推耙子要上树撵着打你呢，难道你忘了？你是不是有点恨他呢？恨他太害了，手太长了，身子太轻巧，连这么高的树都爬得上去？呵呵，我给你说啊，你要是恨他你就错了，他已经不在了，这个世上再也没有他了，他叫水给淹坏了，百日都过了，昨儿个我们给过的百日，家里宰了一个大羊，羊头太大了，切了一盘子羊头肉，没人吃，我女人叫我吃，我吃着吃着眼泪漫上来，把心淹了！你知道为啥吗？我又想起我的马丹了，他最爱吃羊头皮上的肉了，但是我们总是想着要过日子，不能常给他买来吃啊，我的意思是等他长大了，有出息了，就自个儿挣钱给自个儿买好吃的去，想吃啥就买啥。我要是知道这娃能走这么早，我就是砸锅卖铁也要给娃娃买几顿羊杂碎，我们都不要吃，就让他一个人吃，想吃多少吃多少，绝不限量，唉，可是你知道，已经迟了，来不及了，我们就是有一座山头那么多的杂碎肉，他也吃不上了……

女人听到他在说话，絮絮叨叨的，啰里啰唆的，声音不大，但是说得很清楚，不像一个人在自言自语，而是两个老朋友在对话，头对头坐在一起，说的是掏心窝子的话。她把他那些絮叨一个字不落地听进了耳朵，她忽然觉得腿很软，软得撑不住自己的身子，就轻轻地顺着墙根溜倒，身子瘫在了那里。男人还在说。你不知道啊，我的马丹其实是个很听话的娃娃，平时我说啥都能听进去，虽然淘气，但是从小怕我。我脾气不好嘛，喜欢甩大巴掌打人。这娃可没少挨我的巴掌。唉，偏偏我夏天的时节不在家，我要是在家，我吼一嗓子，他肯定会听话的，不敢背着大人往水坝里跑。

摘星星的人 / 131

女人仰起头，脊背靠住墙，一缕秋阳落在脸上，不暖，带着深秋的凉意，像有一束凉水，在慢慢地慢慢地沿着额头往下滑落。时间停止不走了，院子里静得连空气都死了一样。

喊喊喳喳的声音又响起来了。啄木鸟好像能听懂，不敲击树身了，扭动着脖子东边瞧瞧，西边看看，长长的嘴巴锥子尖儿一样在那里抖动，上面闪着一层亮闪闪的朱红色光泽。妈，啄木鸟为啥要长那么长一个嘴巴呢？夜里睡觉的时候嘴巴放哪里呢？一个嫩嫩的童音忽然在耳畔问。这声音那么清晰，她不由得转过身寻找。没找到问话的人。其实她明白的，不可能找到的。

那是记忆里儿子在问话的情景，那时候儿子四岁多一点，孩子言语学得迟缓，说话舌头有点大，有点咬舌子，给人觉得这娃嘴里总是噙着一块硬石头，说话的时候舌头被硌着了，在嘴里转动得很不利索，吐出的声音憨憨的，笨笨的，这让原本就胖嘟嘟的儿子给人感觉声音也是圆嘟嘟软乎乎的。这带着奶腥味的回忆一旦裂开一道缝隙，就像大水漫灌的闸口，再也刹不住，呼啦啦的水流不断地倾泻下来，将她一直硬撑着紧闭的感伤的门冲开了，她眼睁睁看着大水漫天而下，从她身上流过，她没有能力抵抗，只是悲伤地看着。人活在世上，很多事情是无能为力的，就像面对儿子马丹的出事，就像面对丈夫现在的状态。

喊喊喳喳的声音一直在响。女人慢慢地扬起了脸，有风,从西北方向吹来,向东南方向跑去。风是娃娃脾气,淘气得很,一时半会儿都不愿意停下来歇歇脚步。它们真是手闲得很,把最高处的榆树杨树的树头拉扯得哗啦啦抖,又窜下来,把低处的花椒树、梨树摇得身子乱颤。还不甘心,卷起地上的一些干柴和几片破塑料,像玩耍得兴起的娃娃,干脆在院子下墙角一个劲儿打起了旋转。嘟溜溜,嘟溜溜,转了一圈儿又一圈儿。渐渐地变成了形状清晰的旋风。人都说旋风是亡人的魂影儿。那么眼前这个旋风是谁的魂影儿呢?马家亡故的人很多,从太爷爷辈算起的话,老年人年轻人加上少亡的娃娃,不下几十个吧。那么现在在眼前盘旋的,是谁呢?谁回到家里来了呢?风里裹着晒得干透的牛粪末子和墙头上刮下的尘土,清爽的旋风越旋转越浑浊,很快变成了一个灰蒙蒙的大旋风。它不走,留恋什么似的,一个劲儿绕着下院角那一片来回打转。这样子像什么呢?像不像儿子在打脬牛?是啊,真是像呢。她觉得心猛烈地跳荡起来,差点惊讶地喊了一声,赶忙抬手捂住了嘴巴。她怕惊扰了那个旋风。她怕从自己嘴里蹦出一个很久都不再喊的称呼,马丹。她很清楚地记着儿子迷上打脬牛的那个春天。念一年级的他,忽然有一天跑回家钻在厨房里咣里咣当忙上了。等她从地里种庄稼回来做饭的时候,发现切菜刀的刀口上绷出了一串细口子。气得她提着菜刀到处找儿子,除了这个坏怂没有第二人这么害。这可是她咬着牙花了大价钱买的好切刀啊。最后在案板底下拽出了儿子,两个碎手手上布满了血口子,原来他学着片脬牛，木头太硬了，愣是把两个手伤成了鸡爪子。她看着儿子手上的血和刀口，觉得比绷了口的切刀还心疼，一把把儿子揽在怀里，碎家伙这才哇一声哭了起来。儿子娃娃就是比女子娃硬邦，碎家伙很快就学会了打脬牛，在学校里和同学们比赛着打，回到家还没打够，一个人在院子里甩着长鞭子，拉开了阵势打，那个欢实劲儿看得她心里直想笑。儿子打坏了多少脬牛呢？谁都没记住。反正从那以后家里的菜刀和镰刃就遭殃了，他今天片一个榆木的，明儿又来一个柳木的，过几天忽然说杏木的最好，底盘重。再过几天，又腻了杏木的，说杨木的轻巧。他掌握了片脬牛的技巧，把一个木头棒子顶在肚子上，叉腿骑在门槛上，乒乒乓乓忙活着。一会儿，一截木头的最顶端就被他削砍出一个圆锥形来，锯下来，稍做修饰，就是一个圆润的脬牛，用鞭梢子抽打起来，脬牛就在地面上嘟溜溜地转圈儿。儿子很会耍，有时候让一个脬牛打转，他紧接着发起另一个，最多的时候发起了四个。把这个抽一鞭子，那个一鞭子，挨个儿不停抽打，所有的脬牛都乖乖地站立着旋转，儿子扯着脖子跟在脬牛后面一脸胜利的喜气，像个指挥着一队士兵的大将军一样神气。

　　女人越看越觉得这个旋风就是马丹。马丹回来了，回来看父母来了。她忽然眼窝里紧绷绷的，想哭，哭不出来。想喊，嗓子干了，声音粘在了嗓道里。除了马丹，谁还能这么淘气呢，除了他，谁能这么留恋这个家呢，一直盘旋着不肯走,这是要多看父母一眼吗?她想站起来,追过去看看,就算只是一股风,那也是儿子的魂影儿变成的风啊。腿软得站不起来,酸软一直延伸到肩膀上来,她觉得自己就像在睡梦里魇住了,明明心里明白,但是身子动弹不得,嗓子喊不出来。马丹马丹,你也不常来看看,我想你得很啊。一股火在眼眶深处流窜,一个声音在身体深处悲怆地呼喊,她就是动弹不了。旋风好像累了,转着转着忽然就开始撤退,大门开着,它扑晃着直接从门口飘出去了。一个破塑料袋没有随风跟走,掉落下来,颓丧地落在了门槛上。她的心忽然空荡荡的,像那个涨足了风,然后又跌落在地的塑料袋。她慢慢爬起来,又悄声去后院看究竟。

男人终于把一根粗大的榆木剥净了皮,用推刨推光了遍布全身的树疙瘩。这会儿正举着一把锯子,撅着屁股锯木头。他将原本完整的木头锯成一个一个的扁圆形木头棒子。两根细长端正的杨木被他摆放在一起,像两个要结婚的男女一样,整整齐齐站在一起。你这是要折腾啥哩?一天一天啥都不干,就杵着头躲在后院里折腾一堆木头,家里的活计也都不管了,山顶上那几亩高粱眼看着被霜杀得干透了,我一个人割得光吗?这一番话就在女人的嘴皮上打滚儿,她就是不敢往出说。男人的脾气越来越坏,就像怀里揣着一个大炸药包,她的一句不管什么话,都能轰隆一声,引爆了引线。她怕他,又疼他。他冲她发脾气,她不恨他,不怨他,只是自己在心里又委屈,又伤心,又觉得他可怜。你看看啊,人瘦成啥样儿啦。她决定还是不招惹他胀气了，悄悄退出来，拿上镰刀一个人离开了家。男人不干活就不干吧，叫他一个人折腾去吧，估计折腾一段日子就好了。

不管心里咋泼烦，日子还得过啊，还有一双老人呢，还有两个女儿呢，都得指靠他们两口子往下活啊，为了活下去，家里的活儿还得继续。抱着镰刀走出大门的时候，她忽然感觉一股巨大的难以控制的悲伤在心里翻了上来，真想就这样张开嘴巴，不管不顾地哭上几声。但是这悲痛的浪头很快就消散了，她迎面撞上了村主任。上山啊？主任快快地走着，本来是不打招呼的样子，就在擦肩而过的时候却忽然又毫无征兆地张口就问。

嗯。她知道在问自己。不想应答，但声音自己从嗓子眼里冒了出来，应了就应了吧，她埋头向山上走去。自打上回她跟主任吵过那场以后，主任见了她老远就躲开了，就算是在门口撞上个满怀，也是各自低了头走路，没打过招呼。今儿是主任主动撵着她说话的。他是啥用意呢？没眉没眼地为啥忽然和她搭话呢？难道那件事在他心里已经过去了？忘掉了？或者他心里又在思谋啥别的事情？人家是男人，又是堂堂的村主任，一肚子的谋算和主意，她一个妇道人家哪里看得明白呢。

女人面对一地高粱的时候，就忘了心里的烦恼。各个山头上的高粱都割倒了，只有她家这一块子还没娘娃一样一棵棵立在凉风里瑟瑟地颤抖，再不割就真的要被早雪给埋了。

镰刀钝钝的,高粱秆子有些潮,割起来很费力,她咬着牙,一下一下抡着镰刀,削砍着这些密密麻麻横七竖八的植物。随着劳动的节奏,这些干瘪瘪的植物唰啦唰啦往下倒,很快倒下一排,又一排。她从这削砍和栽倒的声音里感到了一种快乐,这感觉细细的,碎碎的,像一群虫子在幽暗处沿着心脏的褶皱爬动,痒酥酥的,难受,但是伴随着难受,一种说不上来的快乐在心里蔓延。干透的高粱叶子不断地刷着脸颊和手背,只要扫在肉上都带着一股微微的辣疼。她皮肉粗糙,不怕这疼痛,就像跟一地高粱三辈子有仇,只管甩开了镰刀哗啦哗啦地削砍。

那次和主任吵架,也是这样的感觉,她忽然就失控了,这些年一直很温顺很胆怯的一个女人,忽然就疯了一样,缠着那个本来要给她讲一番大道理的男人又哭又骂,哭声盖过了叫骂。她当时觉得心里积攒的那些委屈和悲伤像夏天暴雨后开闸的洪水,滚滚而下,把自己的心淹没了,头脑里一片茫茫的空白,什么都不想,什么后果都不顾及,只想哭,只想骂,想一口气把内心郁积的东西全部倾倒干净。当然,主任不是随便能骂的,那次她失控的后果是本来要给她家的危房指标,主任变了主意,给了别人。危房数量有限,狼多肉少,庄里等着要的人把眼睛都快盼绿了。大家也都想尽办法地巴结着主任。偏偏她胆大,硬是当着很多人的面把主任骂了一顿。那些闻声赶来瞧热闹的人,看了一会儿,看她骂累了,肚子里的话也骂得差不多再骂就重复了,大家就来劝她,说这个女人伤心过度了,人瓜透了,就不要再胡说了,快回去缓着去。这句话给主任解了围,他竟然笑呵呵的,说你家里出了事,心里泼烦,我能理解,好男不和女斗,就不和你计较了。等人走得差不多了,她才慢慢地清醒下来,头脑里凉水泼了一样清楚了,越想越后怕起来。奇怪的是回去后男人和公公婆婆都没有说她什么。大家都沉默着。外面有人说他家的危房指标被别人弄走了,人家已经在拉砖头筑房基了。公公看着自家的老房子,有点不甘心。男人一张嘴就顶回去了,不给好啊,我们现在已经成了绝户头,要那么新的房子给谁住呢?自打马丹殁了,我这心就泡在了凉水缸里,现在就是有人把金山银山搬在我眼前,我也不稀罕!

男人过日子的心性真是倒了,倒得那么彻底。本来他是一个很上进的人,绝少去麻将摊子上鬼混,烟酒不沾。常年在外头打工,冬天那么冷还舍不得回来,宁可留在工地上给人家看门,挣几个看门费。唉,越往深处想,她就越懊悔。悔恨像这冷风里簌簌作响的满山头的高粱啊,铺天盖地的。后悔自己眼皮子浅,为了挣那三千块钱,就做了结扎手术。当时公公婆婆都有点犹豫,她有点拿不定主意,男人好像对那三千元动了心,夜里和她商量,其实是把主任动员他的那一番话搬出了,说咱们儿子有了女儿有了,主任说了,咱们已经生够胎次了,不结扎也得戴环,戴环对女人身体不好,经常腰疼,影响干活,过几年就得取了换新的,麻烦得很,还不给一分钱。结扎了一次就给三千,还给家里两个低保、一个危房指标，以后有了啥扶贫，也都会首先考虑咱们。她听着没有吭声。这条件确实不错，家里房子还是公婆手里盖起来的，凑合着能住，可是现在的人过日子，一家一家比赛似的，眼看着满庄子都是红砖红瓦白灿灿的大房，一栋一栋拔地而起。不比不知道，一比吓一跳，对比之下，她家的老房子又破又旧。更要命的是她家隔壁就是主任家。他家将旧围墙推倒，围了一圈铁栏杆，然后在院子里盖起两排房子，大门外又盖了一排。挨着她家的墙根下盖了一座牛棚一座羊棚。一墙之隔，两边就像是两个不同的世界。最要命的是，崖顶上头是一条横贯村庄的大道，蹦蹦车摩托车行人，成天不断地穿梭。那些路人都有个毛病，喜欢没事儿就站在上面往下张望。有人就给他两口子开玩笑，说你家的上房还不如主任家的牲口棚阔气。当然是耍话，但是男人听了郁郁不乐，夜里睡不踏实，一声接一声叹气。老公公劝儿子说世上的事情，都不能当真去计较，凑合着也是一辈子，吃香喝辣也是一辈子，咱只求真主给个平平安安。话是这么说，但是公公自己也有了变化，常常望着墙那边高高竖起的横在他家眼前的屋脊和屋顶上一对石雕的白鸽子出神。主任家为了显得院子宽大一些，将南边那排房子盖到了最南边，紧挨着两家人的院墙。这一来高大的房屋盖起来，就把一个冷冰冰凉飕飕的阴影落在了她家的院子里。她家院子本来就狭窄，这一来草料棚子和鸡窝狗窝都处在阴凉里了。男人进去揽一背笼草，出来脸色阴阴的，夜里气得骂，说狗日的主任不是人，到处欺负人，想尽办法欺负人。她怕男人嘴巴松，万一哪天夹不牢嘴，把这话说出去，传进主任的耳朵，又是一场是非。天亮后她去了一趟大坝对岸的娘家。水坝横在村子眼前，沿着坝沿上的堤岸走过去，就到了。两家人离得不远。她匆匆地去，觉得有一肚子话要跟母亲说，迎门碰上弟媳妇背个背筐要去地里拔草，见了她淡淡地打了个招呼，说妈在屋里，就走了，也不带她进屋，也没陪她坐坐。母亲怀里抱着孙子，见了女儿极力想装得自然点，但终究是藏不住刚受过委屈的那一份无可奈何的悲戚。她忽然就心里闷闷的，那些准备好的话再也没心思跟母亲拉呱了。活在世上，人人都有自己的难肠呢，说不清楚啊。她坐了一会儿就告别回家了。走到堤岸中间，收住脚步站着看了一会儿。水面清凌凌的，脚跟下的水面幽深而碧绿，目光伸展，远处一片白茫茫的淡蓝。野鸭子一个一个凫在水面上一动不动，懒洋洋的，发着悠远的呆。结扎了吧。这个念头忽然就蹦上心头。她终于知道自己这几天心事重重提不起精神的原因，原来这个难题在困扰着她。那就结扎了吧，反正儿女都有了。捡起一把碎石子，向着那群鸭子狠狠地甩过去。石子在水面上开了花，野鸭子受了惊，扑腾腾摆着大爪子往远处逃去，一片平静如梦的水面终于开成了一朵巨大无比的花儿。

晚饭后借着暮色掩映，她在门口告诉主任女人，说自己愿意结扎。主任女人回去把话传给男人。主任当晚就给乡计生站打了电话。第二天计划生育专用车就来拉她。等那辆小面包车再次把她送回来,她捂着肚子,抬头看看一墙之隔的两个家,忽然如释重负,觉得自己干了一件不得不做的大事。三千块钱很快就领到了,男人说买点蛋呀肉呀补补。她舍不得,吃了几十个鸡蛋就坚决不吃了。结扎是小手术,自己有多娇气呢,用得上那么花费吗。倒不如用这点钱赶紧拉砖头,准备筑房基。那段日子,主任家对他们一家热情多了,尤其主任婆娘,在门口碰上了热情地喊她过去浪浪,包了肉包子叫娃娃给她家端几个送来。她有一种受到了恩宠的感觉,有点不知所措,有点担忧,觉得这种好来得突然,不真实,又隐隐地害怕有一天对方又改了主意,忽然又不冷不热起来。为了维持这种友好的交往,她也得表示表示。称了肉,用最好的精肉剁馅包饺子,第一锅下出来就叫儿子端一盘子给主任家送去,分量比主任女人送来的多出了很多。自己家不够吃了,又擀了面条吃。好像她是个很大方的人,出手阔绰,主任女人和她来往,是不会吃亏的,而自己也不会占对方便宜。她有时候怀疑自己这样是不是有点犯贱?用得上这样吗?图的是什么呢?好像什么都不是,但又在内心深处隐隐有一个渴望,觉得自己这是在放长线钓大鱼,这样日积月累地坚持下去,说不定有一天,什么很大的好处就落在了自己一家人头上,而这不得不归功于主任女人在枕边给主任坚持说情。但是那一年的危房没有落实到她家,主任的解释是项目款太少了,才三千,需要盖两间房子,砖木,红瓦,白墙,一共花下来至少也得两万多吧。用两万套三千,真是不划算。所以等到明年吧，明年款项能涨到八千。听了这话他们本来有点抱怨的心思就全部烟消云散了，反过来很感谢主任，人家分明是真心为他家考虑了啊。那就踏踏实实等着吧。第二年是什么事儿耽误了盖房呢，没什么明确的事情，反正就那么拖着。男人又跑出去挣钱了，因为这房子需要自己先盖起来，验收合格了，人家才发放款项。男人说既然盖呢，咱一并盖上三间吧，像主任家一样，一排三间，把后墙挨着主任家，这样咱的院子显得宽裕一点。她当时心里又高兴又担忧。能盖起和主任家一样的房子，也算是终于能和别人一样地抬头活着了。又怕后墙靠着主任家，到时候万一主任不高兴呢。但是这顾虑她没有说出来。男人自有男人的打算，实在轮不到她一个妇道人家说长道短。主任的女人这几年就很爱像男人一样说大话，一些女人表面上恭维着她，其实肚子里都很看不惯那副嘴脸了。

第三年，房款下来了，但是又涨到了一万二。主任要按去年的标准给他家，男人不同意，说别人都一万二，就我家八千，凭啥呀？都是结扎，都是一个儿子，凭啥我不如人家？主任说人家少生快富都是两个娃，你家三个，你家这情况当初还是我做了手脚，到派出所给你们把第三个娃的情况改了，改成了结扎后出生的，不然你这情况算不上个少生快富，你是正常结扎的范围。男人呆了一呆，不敢再说什么，但是没答应接那八千元。这样就拖到了第四年。拉回来堆在大门外的那一堆红灿灿的砖头，经过了风吹日晒，变得灰苍苍暗沉沉的。她肚皮上的刀口早就长好了。日子还是那个样子，她家并没有随着结扎富裕起来，只有三个娃娃跟着风一般飞快地长。儿子马丹十三岁，淘气得像一个泥猴子，没事就往水坝里跑，自己做了铁钩子钓鱼，拿着网套野鸭子。婆婆撵着说小心小心，夏天坝里水深得很。公公说没啥，自己小时候就常在坝里洗澡，儿子娃娃嘛，怕啥。男人在乌海工地上，她一个人忙得分不清白天和黑夜。自打结扎后感觉这身子不如过去了，在重活儿面前怯气。都说是肚子里的气走了的缘故。其实她知道这是没有缓好，没有服养好的缘故。你看看主任的女人，结扎后天天羊羔肉，一张瘦猴儿刀刃脸，等缓了三个月，那脸上像贴了张白生生的大面团。都是女人，命和命不一样啊。其实，都是男人，命和命也是不一样的。主任成天开着小车去乡里开会，到处跑着要项目，征地，搞规划，搞接待。她的男人呢，一个漫长的夏季都在乌海的工地上搅拌混凝土。人和人的命就是不一样啊。昨天婆婆从外头浪了一圈儿，回来脸色乏乏的。等给她帮忙烧火做饭的时候，婆婆忽然愤愤地说年轻的时节和我一样，娃娃多，家里穷，动不动胳肢窝里夹个碗来借面，一口一个姐姐。现在呢，有钱了，富了，说出的话没有一句不伤人的，都带着刺儿哩。她就明白婆婆说的是主任他妈，肯定对方给了她气受。她装作没听见，也不想追问究竟是啥鸡毛蒜皮的事情。但是她心里忽然有点微微地抱怨婆婆，婆婆总是还拿过去几十年的旧情和人家交往，以为人家能念旧情，像过去一样称姊妹,一样地亲热平和。其实主任他妈这几年随着日子好转,变了很多,话大了,气壮了,腰杆子硬了。谁让婆婆掂量不出轻重呢。这天她在山坡上割豆子,一群人哗啦啦往庄子口上跑,她觉得力气不足,就没有去。一会儿有人来喊她,说她家马丹淹在坝里了。她不知道哪里来的力气,一骨碌翻起身就往山下飞。

马丹这一回去玩耍的地方不是大水坝,而是水库尽头一个泄洪的小涵洞。这涵洞平时是干枯的。前天下过一场暴雨,里面就蓄积了一池子水。马丹下葬后的第八天,她拿着一包昨天给娃过头七的肉去给娘家送,走到涵洞上方迈不开步了,两个腿上坠了千斤石头一样,有一股无形的力量在扯着她,一个声音在幽暗处呼喊,要她去看看这个涵洞,看看淹死她儿子的地方。一池水还在。周围布满着泥浆,暴雨把附近的泥土都冲刷下来了。从周边能看到当时打捞儿子时大伙儿折腾出的痕迹,一圈泥,里面踩踏出凌乱的脚步。她觉得不甘心,就这么点水,这么浅,能看到浑浊的底部,儿子真是傻啊,为什么忽然要跑到这里去呢?为了抓鱼还是洗澡?还是顽皮,只是想坐在边沿上洗一洗脚?和儿子一起玩耍的三个娃娃也说不出个所以然,一个个吓绿了脸,只是说他们本来要套野鸭子的,马丹忽然提出来要去涵洞里看看,看了再去套鸭子。马丹带头脱鞋下去了,下去就再也没冒头。就这么简单,简单得叫人不能接受。她望着一坑脏乎乎的泥水,水面上映出蓝的天白的云,蓝天白云还是那个样子，悠远悠然，世界上有一个家庭的唯一的儿子被水淹死了，这事情对于整个家庭就是天塌下来的大祸，对于整个世界来说，不，就算是对于这一坝清水来说，却是小得不能再小的事儿。每一天这坝里游过多少鸭子多少水鸟多少鱼，水鸟吃鱼，大鱼吃小鱼，生生死死的事情不断地上演。小马丹死得悄无声息。有人给他们出主意，说找学校的麻烦去，老师肯定没有给孩子讲安全常识。但是这一天恰好是周末，怪不到学校去。有人说水利部门有责任，一个涵洞里为什么要蓄水，为什么不及时放掉呢？就算是不排放，也应该在岸边竖一个禁止游泳的牌子来警告大家。这倒提醒了男人，男人决定真的去乡政府问情况。到大门口被主任拦回来了，主任说你不要给我惹麻烦，今年咱村子正在申报文明村庄呢，你这一搅和，把全村人的事都会搅黄了。男人梗着脖子不听，就是要去。主任的黄脸变黑了，保养得女人一样细嫩的手背搭在屁股尖上，说去去去，我支持你去，你这明明是想在鸡蛋里找骨头，没茬儿的事儿！你家娃娃明明是自个跑去淹死的，责任在你们，你们两口子都干啥去了，咋教育娃娃的？来来来，干脆我开车送你告状去，我看你这个状咋告？他真的要发动小车。男人的气势软了，其实确实是自己理亏。主任是得理不饶人的嘴，当时就让车的马达突突响个不停，他背搭了手在门前迈步，走两步，一回头，给男人讲一句道理。主任是在很多场合讲过话发过言的人，说起来就滔滔不绝，还引用了大量的法律和政策。说得很有道理，他们两口子越听越觉得是自己在无理取闹，理亏得头上虚汗直冒。这时候主任的婆娘带着孩子们出来瞧热闹，两个女儿三个儿子，齐刷刷站了一排。她当时看着忽然心里扑上一个热浪，主任才是庄里最大的超生户。她终于忍不住冒出一句，我们要不是听了你的话做了结扎，我们现在就能再生一个儿子，也不会落得这么个凄惶的下场。这句话是自己从嘴里蹦出来的。其实她是不愿意当着一些看热闹之人的面提这个茬儿的。儿子刚一出事，她就觉得心里的一根绳子断了，麻绳从细处断呢，老古时人说的应验了，怕啥来啥，只有一个儿子，偏偏儿子就出事了。其实悔恨的不止于她一个，公婆和丈夫，他们都追悔莫及。只是这悔恨只能埋在心里，当初贪图人家的三千块钱，等于把自己的后路给斩断了。三千块钱拉来的砖头一直堆在大门口。现在看到那一堆砖头，就像一块巨大无比的石头一样压在了他们的心上。她其实正是生育的年龄，三十四岁，要不是做了结扎，这会儿再生一个儿子还来得及。可是现在呢，后路堵死了，无路可走。她心里憋屈，加上男人回来后隐隐有一些埋怨，意思是自己在外头忙着挣钱，当女人的怎么不好好操心娃娃呢？她真是伤心悲痛又加上了委屈，雪上加霜也不过如此吧。心里越想越有一种被欺骗的悔恨，如果当初主任不来做动员，不来拿那些条件诱惑，她就不会结扎，不结扎的话，这场灾祸还来得及用另一种方式去补救。同时她更多的是恨自己，恨自己当时错了主意。悔恨像蛇一样吞噬着内心。同时又觉得羞耻。房子至今没有盖起来，两个低保的名额给了，一个季度领回来几百块钱，可是现在看来，和儿子比，和一个女人一对夫妻一个家庭的长远来看，那有什么用处呢？男人说得对，现在就是给他们一座金山银山，心里也高兴不起来啊。主任才不会愿意替别人背黑锅呢，他冷笑一声，盯着她，说结扎是你们自愿的，当时不是你连夜撵着给我女人递的话吗，现在咋来怪我了？我把你们拉去的吗？还是我带着人来抓你们了？你一个妇道人家说话要注意着了。她当时头轰隆一声，觉得一直遮掩在内心的一片薄布被毫不留情地揭开了，她苦苦想要隐瞒的一点自欺欺人的秘密完全暴露在大家的面前。她又慌又羞，又委屈无限，孩子出事后一直隐忍的悲怆一时间燃烧起来，她终于头脑里一热，指着主任的鼻子又哭又骂，骂出的话都是揭短的内容，这些内容早就在村庄里流传了，只是大家都是在私底下流传的，没有人敢拿出来摆到主任面上去说。现在被她给一件一件揭了出来，她肯定是疯了。主任截留扶贫款的事，主任谎报退耕还林面积自己冒领补助款的事，主任私吞计划生育罚款的事，主任把大队部里的电脑电视抱回自己家里用的事，马铃薯公司的人来征地，主任和他们串通一气往低了压价的事，主任家占用了五个危房指标，就连牲口棚也算在当中，主任他大殁了五年了，现在还在吃低保，主任半夜里给男人出去打工的年轻媳妇做伴……她越说越顺溜，刹不住脚了，自己也不知道自己在说的啥，心里就只有一个念头，要狠狠地骂他，把心里的疼痛缓解一下。

人都说兔子急了也咬人呢，自己那一天真是疯了一样，心里钻进来一个鬼一样。事后想起来，她还是后悔了。又觉得不后悔。从前怕他家，忍着，让着，巴结着，想的是长远的事情，觉得得罪不起，自己手里，还有儿子手里，处处都有用得上人家的地方。现在儿子没了，她家的日子过得已经不像日子了，还怕他干啥呢？就像男人说的，他还能把我从地球上开除了？还能把我的农民身份给作废了？

唉，人啊，活在这世上，就像抹着黑走路呢，真是不知道自己下一步踩踏的地面是平地还是陷坑。反正他们两口子不幸，已经踩中了陷坑。山顶上风高，高粱在风中哗啦啦哗啦啦悲鸣着，像一个没路可走的寡妇在黑夜里独自唱着一支忧伤的歌子。她一边昏昏沉沉想着心事，一边机械地挥舞着镰刀，将这个寡妇连同悲戚的歌声一起削砍在地。

第三天下午，女人才把那一片高粱完全割光。当她抱着镰刀跨进家门的时候已经是暮色四合星星上来的时候了，家里静悄悄的。公婆带着两个孙女去亲戚家了。她悄悄推开了后院门，隐隐看见地上一堆木头废料，树皮刨花儿锯末子短木梆子，乱糟糟的。原来的那两根细长的杨木被钉到了一起，靠着那棵老杨树，像双胞胎一样并排立着，然后在它们的身上钉上了一根一根的扁木横杠，横杠一路上升，一直攀援到高处去了。她的目光顺着往高处看，这是一副梯子。原来他这半个月来一直躲在后院不出来，是在做梯子啊。难道他要练习当一个木匠了？目光一直往高处游走，女人忽然脖子软了,目光也软了,两个腿摇筛子一样抖,一个劲儿碰撞着彼此。她慢慢地挪过去靠在了那棵大树的身上。

你不要拦我,我要摘一个星星,送给咱的马丹。我儿子活在世上十三年,我给过他啥呢?那年他要我帮他削一个脖牛,我一个巴掌打过去,我太忙了。有一回他缠着我给他买一把塑料手枪,我想着一个手枪四块钱,能买三包盐呢,就又甩了他一个大巴掌。还有那一回天气刚黑,他爬到了这棵老树顶上,说要去最高处摘一个星星下来。但是星星太高了,在地面上看着很低,就挂在树梢子上,爬上去才发现根本够不上。他趁大人不注意把推耙子拿上去了,他要捣一颗星星下来。他手腕没力,没拿稳,推耙子脱手了,砸在了人家的房顶上,砸破了几片琉璃瓦。就为这个事,我把娃娃拉到主任家门口,拿鞋底子扇着他的脸,叫他给人家道歉。娃娃倔得很,挨着打,就是不说道歉的话。主任也不是人,就那么背搭手冷眼看着,也不说一句解劝的话,唉,早知道他会这么早离开阳世,我就不打他了,这叫我想起来心里亏得慌啊……

女人一直仰着脖子看,那脖子软得撑不住,一直仰到了后背上。她眼里充满了水,眼眶里装不下,溢出来,顺着领脖子淌。暮色深沉,深蓝的天幕上一颗一颗的星星在调皮地眨眼睛。黑色背景的映衬下,男人像一个单薄的皮影子,脚底下踩着刚做出的粗糙丑陋的直达云端的梯子,手里擎着细长的推耙子,正在费力地伸长胳膊,要去捣最低处那一颗亮灿灿的星星。树梢子怕疼似的在夜风里温柔地轻轻颤抖，靠着树身的梯子也在跟着摇摇晃晃地抖动。

女人望着那颗就要被丈夫摘下来的星星咽了一口苦涩的唾沫，忽然一个问题在心里闪动，这颗星星那么亮，摘下来该存放在哪里呢？是啊，它简直就像个小精灵，那么明亮，那么轻盈，整座天空里再也找不出比它更耀眼的星星了吧？

一抹晚霞

一群鸟儿从眼前头飞过，飞着飞着呼哨一声紧凑的队伍散开了花，好像它们每一个身影都膨胀了起来，颜色也在一瞬间变深了，一大片都是黑泱泱的，散入到崖根下那棵青杨树的伞状枝丛里去了。舍巴尔奶奶坐在廊檐下洗阿布黛斯，准备礼迪格尔呢。提在右手的壶里倒出一股水，左手心掬捧着，满满接了一把。放下壶，又倒回到右手心里。再从右手倒回到左手里。清亮温热的水在两个蜷成碗状的手指间来回传递流淌，一小半从手豁缝里滑出，溅落一片。她忙忙地并拢了两手，举起来一起往头上摸去。需要从前额沿正中间一直往后摸，摸到后脖子再分开两手，分别从左右划回到前面来。再分别沿头发畔划到耳朵碗里，轻轻剜一下耳朵碗，再从耳朵背后顺耳根滑落下来，嘴里同时念着清真言。

这一套动作舍巴尔奶奶做了一辈子，从九岁那年母亲教她正式开始换大水开始，这几十年里从来没有间断过。洗大净，洗小净，都要扯这样的曼斯尔，是大小净里必不可少的一项重要环节。也正是这个环节，让人感觉洗大小净是有难度和神圣的，不是什么人随便都能做到的。太小的娃娃就做不好，他们两个手的十指太柔软，擎不起那一掬儿清水嘛，不等送到头顶上，手心像漏勺，已经把水给漏光了。娘说九岁的女子娃，已经担上番热则的担子了，就不能再刨浑水了。娘手把手教她洗大小净。当时她两只小馒头一样肥嘟嘟的嫩手怎么也掬不住水，试了好几回，一股水刚从左手换到右手，手心就空了。娘把她的手指头捏住往一起扳了扳，说太软了，这手没骨头吗？可是怎么能没骨头呢？她用柔软的小手认真执着地做出了一个软绵绵的动作。那时候心里恨自己，怎么就长得这么柔软了呢？滚水锅里随着水流摆动身子的软面条一样。

现在，她举着两个手，费劲地往高抬。她愣住了，因为她蓦然发现自己再也不能像少女时候那样把双手举到头顶上动作柔顺地划向脑后，翻手，划回来，再滑向耳朵背后。一片阴影忽然盖在了心头上，她的吃惊远远大于九岁那年无法捧起一掬水的时刻。她抬起手细看，水慢慢地渗光了，一双手孤零零举着。她从这双手上看到自己老了，切切实实老了。四十岁开始的腰酸腿痛，五十岁出现的耳鸣眼花，六十岁刚过，干什么都不由自主地变得慢了下来。这些衰老的迹象都是一点一点出现，一寸一寸加深的，她慢慢地接受了这样的变化，适应了这种年老的特征。但是在她的内心深处总是保留着一个固执的念头，她不老，还没有真正变老，那些随着身体呈现出来的外部特征,都是一种假象,这些假象综合到一起,组成了一个人已经很衰老的迹象。但是在她的内心,她一直觉得自己依然年轻,擀出的面条还是很筋光,蒸出的花卷暄腾腾的。

可是,这个下午,坐在北房台子上面对着落日洗阿布黛斯的舍巴尔奶奶,她发现自己的手抬不起来了。她像过去重复了几十年那样,不急不缓地做着那一套早就烂熟于心的东西。洗手,净下,洗手,漱口,呛鼻,洗脸,洗胳膊,接着是扯曼斯尔,当她擎着手,往头顶上抹去的时候,她发现右胳膊僵住了,怎么也举不到高处。好像有一股力量在暗地里扯住了胳膊根,让这个胳膊沉重无比。咦?一掬水眼看着在手心里很快凉下去了,手却还是举不起来。她胀气了,心里疑惑今儿是咋了,饿过头了没劲儿吗?

于是心一狠,手终于抬高了,水却顺着手腕唰啦啦溜了下来。两只手总算是摸到了头发缝子,可是手心里空空的,水早就流光了。她坚持空着手扯完了曼斯尔,然后把手放在眼前观看。一种茫然的情绪不知何时已经占据了内心。我的手,咋了?她喃喃自问。正是在这时候那一群鸟儿从眼前扑闪了过去,一片黑色撞入眼帘,视线顿时暗淡下去。鸟群很快划过去了,亮色重新在眼底恢复。她却呆呆坐在小板凳上,壶斜了,一缕水从壶嘴里欢快无比地往外奔流,汇成了一道小溪从台子上滑下,在院子里的尘土上淌出一道细长的小河,小河留恋什么似的,在原地婉转出一个小弯儿,然后从大门槛下的窄缝儿里钻出去了。

我的胳膊,咋了?究竟咋了?她不甘心,再倒一点水,试着再往头上举。举到了肩膀之上,停住了。再努力上举,不疼,木木的,还是有一股力量在暗处扯着。整条胳膊都是僵而硬的。她干脆提起壶,看着最后一点水流出壶嘴,被泥地上的尘土缓缓吸收。一团闹声叽里喳啦响,把整棵青杨树要连根拔起来一样,她站着,一脸痴情地望着青杨树。

树是大儿子栽的。十年前儿子全家要搬去新疆了,临出门他栽下了一棵树。当时她笑儿子,说栽哪里不好呢,偏偏栽崖根下,被土崖死死地碍着,根本长不大嘛。儿子不听,偏偏栽在那里。小儿媳妇娶进门,爱洗涮,一洗就是一大堆,花花绿绿的衣裳一搭开就是满满一绳子,就像开了一铁绳子的杂花。湿衣裳重,一根木桩子被拉断了,小儿子懒得挖坑栽桩,儿媳妇干脆把晾衣绳拴在了青杨树上。从这以后,只要挂满一绳子湿衣裳的时候,她的心里就闷闷的,有点不高兴。湿衣裳太重了,把绳子拽得一个劲儿向下弯。一天一天,那棵小树长大了,长粗了,可身子像个残疾人一样,腰身向一个方向弓下来,长成了一个趴腰。她提醒过儿媳妇,说树是活的,那么重的负担,被细铁丝勒着,肯定像人一样,也疼呢。她的意思是你们换一个木桩,把那树解脱开吧。儿媳妇性子急,嘴巴快,不等她说完,就把话头抢了过去,嗤嗤一笑,说妈你也太心善了吧,一个树也知道心疼,不就是个树嘛,还娇气得不成了?笑死个人了!儿媳妇就这样火爆爆毛躁躁没心没肺，但是也不好惹。她犹豫了几次，想趁着儿媳妇不在家的时节，自己把那铁丝从树上扯下来，栽一根木桩。她拿着铁锨头挖了几下，院子里的土很瓷实，她根本挖不下去，这事情只好悄悄拉倒了。

自打小儿子两口子搬到镇上开饭馆以后，那棵树就彻底解放了，再也没有扎扎实实搭满过一绳子衣物。她和舍巴尔爷爷的衣裳少，也洗得勤，有两件就洗了，不会像儿媳妇一样攒下一大包才乒乒乓乓地拉开摊场进行大战。长久不再承载重压，铁丝绳子整天在风里晃来晃去，风大的时候竟然能发出呜呜的呜叫。暖和的时候，有麻雀站在上面，干巴巴的肉红色小爪子灵巧地攥着铁丝，小脑袋在脖子上的羽毛丛里一伸一缩地弹动，玩够了还会把白色的屎拉在绳子上，时间长了，那些雀儿粪斑斑点点的，像铁丝绳本身长出了斑纹。绳子空闲，树的腰竟然慢慢地长直了。沿着崖根往上长，绳子勒过的地方肿瘤一样粗壮出一大圈，枝叶也比过去茂盛了许多。

感觉不到风来了，树叶子却哗啦啦抖索起来。舍巴尔奶奶凝神看，叶子一片片翻动着身子，露出躲在淡黄色叶片之下的那些捣蛋的鸟儿。一个接一个的小脑袋露出来了。她有点吃惊，这不是麻雀吗？一只，一只，又一只，全是麻雀啊。那怎么自己刚才看到一大片黑影子从眼前擦了过去？她揉了揉眼窝，再看，看见的还是麻雀。有三十多只吧，正乱纷纷挤在青杨的各条枝杈上和叶片下，碎舌头女人一样快嘴利舌地争吵着什么，你叽叽叽，它喳喳喳，谁都不相让，像要用舌头把对方给骂死，骂得从树上掉下去。她又揉了几下眼窝。人老了，眼窝子好像也变深了，干巴巴的，大手擦过，粗拉拉的，有点疼，有点涩。秋风凉，脸上刚才洗过的水印子早吹干了，眼仁子好像也干了。她闭上，睁开，再看，还是一群麻雀在那里召开一个热闹无比的会议。

一阵噗沓声从后院传来，舍巴尔爷爷拖着很不利索的腿子出来了。哎呀，你快看，那树上是啥？我刚才明明看着是鸦儿，咋一转眼又都成了麻雀？这句话到了结尾处，她的声音变得细细的，尖尖的，像女子娃一样，不知不觉就带上了撒娇的味道。话已经说出去，她愣住了，把刚才的语调回味了一遍，又一次愣住了，我这是咋了？啥时节说话变成了这个调调儿？打年轻时节就从来不是这样啊。而且她最见不得那种把自己装得娇气得不行从而想方设法给男人撒娇的女人。那样的行为，她做不出来。她一辈子稳重。这样的一个稳重的女人，娶来三个儿媳妇，帮她们拉扯了八九个孙子，七十岁了，咋忽然就变得这么娇气了？啥时间变化的呢？她努力回想着。心里又多出另外一份不安。不会是儿媳妇在的时候吧。哎呀，万一叫儿媳妇看进眼里听在耳内呢？那可真就把人丢大了，不知道娃娃们在心里咋偷着笑呢！肯定在暗笑这个当婆婆的不稳重。这念头让她坐不住了，决定从现在就改过来，找回从前的那个稳重自己。她故意粗着嗓子说你究竟看清楚了吗，咋不说话哩？

舍巴尔爷爷不耐烦了，说明明是麻雀嘛，你好好儿的作啥怪哩？哪里来的黑鸦儿呢？天气凉了，黑鸦儿不知道躲到哪里去了？说着进去给自己灌了一壶水，他也得洗阿布黛斯了。

她懒懒地进屋再掺一壶水，重新洗小净。刚才那个肯定没洗好，不能算数。礼拜呢，可不敢有一点点的马虎。一切从头开始，洗手、净下……又到扯曼斯尔了。她觉得心悬了起来，一缕气聚在心腹下面一个看不见的地方，软软的，涣散了，提不起，聚不拢，悬悬的，明明满着，又空荡荡的。要是还够不到头顶，咋办哩？这念头像一条恶毒的细蛇迅速无比地窜出来，将火红的舌芯子扑哗扑哗地闪。手不由得抖了起来，手碗儿也不圆了，一股水刚倒进去，顺手豁缝渗得不留一滴。她咬着牙花子，狠狠地再倒一股水，两只手以最快的速度互换清水，然后并拢，往头顶上抹去。一股热流顺耳鬓洒落下来，眼泪也跟着下来了。一片惊心动魄的影子落在心上，她验证了一个事实。她颤抖着声音说老物儿啊，我的手不行了，够不到头上去了。

被她一辈子称作老物儿的舍巴尔爷爷没应声，他正往手心里捧了水，要扯曼斯尔了。他紧绷着嘴，嘴角周围胡须的空隙间露出来的松弛的肉皮好像被扯紧了。他有些夸张地把两个老手往上举，她这是头一回很认真地注意看他洗小净。她呆了。他的两个手，像两个破得没办法再破的布鞋底子，笨拙地岔开着，安装在一对干撅撅的木杆子一样的胳膊骨上。胳膊骨上的肉皮松松垂着，给人感觉那只是谁缝裹在一根木杆子上的一层灰布。现在布旧了，松弛了，上面杂乱地分布着破补丁一样的褐色脏痕。

这两只手，曾经很粗健有力，记得两个人成亲的晚上，耍床的挤了满满一炕，那些毛头小伙子闹腾着要掐她挤她，他两手叉开，身子像一堵墙，硬是给她挡住了所有的攻击。它们在她的脸上、身上抚摸过，坚硬的粗狂有力的男人动作，想起来至今都叫人脸上滚烫滚烫地烧啊。那样一双铁叉一样的手啊，竟然老成了这样，而她竟然一直没有好好地留意过。他终究没有把一掬水举上头顶，看上去他的胳膊比她的还要僵硬，只到达耳朵上方就停止了，两个老叉子笨拙地碰了一下，折向后面，动作笨得让人看着心里着急，脖子费力地折下来配合手的动作。一个曼斯尔算是扯完了。他停下来，张大嘴巴喘气，脸憋得青紫。她长嘘一口气，觉得这个观望的过程比自己扯一个曼斯尔还吃力。

舍巴尔爷爷喘匀了气息，弯下腰开始洗脚。他没有留意女人一直在不远处看着他。肿胀变形的手在粗大的老脚板上抚摸着，水簌簌流淌，溅出一片碎碎的水花。舍巴尔奶奶埋头看看自己的手，重新倒一股水，模仿着丈夫的样子开始扯曼斯尔。有点吃力，但是完成了。就在这个过程里，她知道自己又接受了一个事实，她又老了一步，手再也够不到头顶上去了。

舍巴尔爷爷的一双老手真是不中用得很，编辫子的时候，总是把舍巴尔奶奶扯疼。舍巴尔奶奶闭上眼忍着，要是在过去，她肯定早就一把夺过梳子来自己梳了，哪里用得上这笨手笨脚的大男人来帮忙。现在不行了，自从手抬不起来扯不出一个干脆利落的曼斯尔，也就无法举起来够得上头顶上的头发了。尤其头发缝儿怎么也分不清，她尝试摸着去分，越分越乱，乱成了一团烂毛线。只能让他来帮忙了。这天下午的另外一个事实她隐瞒了丈夫，她的眼睛猛然不行了。自从那一群麻雀像乌鸦一样黑压压飞过去之后，她觉得眼仁上像蒙了一层什么，她能清晰地感觉到这层东西不厚，也不结实，好像是大雾天的一片雾，又像是刚揭开的蒸锅里的一层水汽，轻飘飘浮过来，遮住了视线，这让她想起年轻时候搭在头上的纱巾。那种纱巾薄薄的，如果蒙在眼睛上，眼前的一切都笼罩在一个薄薄的模糊的有色世界里，红纱巾之下看什么都是一片朦胧的红，黄纱巾下所有看到的东西都浸透在一片毛茸茸的瓠子花的颜色里，现在这眼前头就是蒙了一层黑纱巾啊，看啥啥都灰沉沉的，镀了一层陈旧的颜色。好像这个世界一下子就老了。老了的不光是她和丈夫，还有秋天将落的叶子，这座院子里四平八稳坐在地上几十年从来没有挪动过一步的张着黑洞洞大口的那几孔老窑洞，土崖上分布的那八九个蜂窝，垂下来挂在崖畔上的老冰草老蒿子，这些都旧了、老了。这是可以接受的，它们像她和舍巴尔爷爷一样，互相陪伴着度过了将近上百年的时光，实在没有不老的理由啊。

第二天早晨,她像过去几十年养成的习惯一样,站在墙豁口上看东边,早上刚升起来的日头从来都像人刚睡了一夜一样,显得精神头十足,尤其有露水的天气,日头总是像刚刚洗过了脸,眉目间散发着新鲜与清亮。她总是喜欢站在东墙豁口上望日出,顺便把全庄子都打量一遍。她常常看到起得最早的麻老汉在沟对面的自家门口,脱了鞋一边在门槛上磕,磕出一串梆梆梆的声响,声音从沟对岸传过来,力道减弱了,余音空荡荡的。她抿着嘴角无声地笑,这个老汉就是个早公鸡,七十多了还不肯歇缓,总是庄子里起得最早的一个,也是最早出门干活儿的人。看看,那一群羊已经在他的吆喝下跑出门来,要到秋收后的山洼上啃秋草去。麻老汉的咳嗽声远没有当年那么清脆了,总有一口老痰卡在嗓子眼里,他走几步咳嗽几声,走几步又弓着腰咳痰,咳嗽声软塌塌脏乎乎的,听得舍巴尔奶奶自己的嗓子也跟着痒起来了,她抬手去抠嗓子,然后试着往头顶上举。手在半空里停下来了,睡了一夜,它们没有恢复从前的柔软,在耳朵那里徘徊不前,看来真的再也无法举到头顶上去了。她像个不甘心认输的娃娃,明明昨天已经知道了结果,今天还是忍不住要再确认一遍这让人沮丧的结果。右手在清晨带着凉意的空气里犹豫了一下。一大团褐色的薄云像一堆脏棉花,包裹在中间的日头像一枚鸡蛋,这枚鸡蛋也是旧旧的脏乎乎的样子。她用手揉眼窝,揉下了两颗泪,是浊的,黏黏的,不像水,像一滴油。狠狠地眨巴几下眼,慢慢睁开,那团雾纱还在,蒙在眼仁上。她干脆用指甲去抓,心里说我干脆把这层子纱给揭下来算了,揭掉了眼睛肯定能清亮一点吧。粗糙的手指头蹭在眼仁上,一束疼痛有些迟钝地穿过了薄纱,渗透到眼眶深处来了。不能再揉了。她试着往远处看。那层雾纱还是存在,粘在肉上的老茧一样皮实,扯不下来。还能有啥办法哩?只能让它蒙着了。她试着习惯这层纱,透过薄纱去看世界。山梁梁,土坎子,树,草,秋高粱,对面的麻老汉和他的羊群,什么都是灰苍苍的,还是那么旧,那么暗。一股凉气从脚跟上升了起来,穿过常年鼓胀的肚子,从一口因为脱落得严重而戴了假牙套的嘴里舒出来。在这个并不漫长的过程里,这口气被她暖热了,本来是一声叹息,等到从口里吐出来,化成了一缕无声无形的苦笑。

舍巴尔爷爷在屋子里扯着嗓子喊,日头都冒花子了,咋还不做早饭?是要把人饿死吗?是舍不得粮食吗?她不应声,踩着有节奏的骂声进了门,坐在板凳上削洋芋皮。舍巴尔爷爷拉着腿爬下炕,从鼻子里使劲地哼出一声,说你个死老婆子,真真是个三天不打上房揭瓦,年轻的时节还算脚勤手快,老了老了,咋变得这么懒哩?还小气得不行?难道就给人吃洋芋菜?你把肉放下干啥哩?

舍巴尔奶奶把一抹失笑压进肚子里,声音硬邦邦地还嘴:昨儿晚饭不刚吃的肉饭吗?在肚子里还没消化光哩!你咋就一顿都少不了肉呢?属狼的吗?说着直通通过去,哗啦拉开了冰箱,摸出一疙瘩冻肉,抱来放在木板上咣咣地剁。

冻得太瓷实了，根本切不下。丈夫从切刀落在木板上的声音里听出了女人的不悦，他更不高兴了，胡子一抖一抖，想像年轻时节一样，一胀气那胡子就一根根变粗变硬，向上高高扎起来，那是忍无可忍要动手打人的前兆。但是现在失败了，那一股暗气默默在肚子里残留着，但是攒不起来，鼓不上劲。他摇摇头，忍了。拿起自己做的苍蝇拍子，啪啪啪地打苍蝇。那纸板子很结实，拍出的声音让人心惊肉跳，不像在打苍蝇，而是在狠狠地捶打一个结了半辈子怨的仇人。舍巴尔奶奶打开电热锅，把肉炒进去，剩下的肉放在木板上叫消冻，她想一次都切了，全炒了，滚得烂烂的，再存进冰箱，每次做饭挖一勺子调进锅里就是了，可以少去很多的麻烦。两个人的牙口都很不好，不要说肉，饭和菜也都要煮得绵绵软软的才能咬得动。但是舍巴尔爷爷爱吃肉，顿顿饭菜里都要加点肉，她有肠炎，胃也不好，她只希望吃个什么也不掺杂的清水洋芋面，可是两个人在一搭吃饭，总不能分开做两样饭菜吧，时间长了，不现实。她就忍让迁就他，这样迁就了一辈子，现在老了，还有啥不能让步的呢？只是每次舀饭的时候，她都要用勺子把肉疙瘩尽可能地刨到他碗里。

　　肉在锅里噪噪切切炒得响，像一群人在争吵什么，她感觉炒出了香味和色泽，就旋点水盖上锅盖。忙完这一气，累得张着嘴巴换气，坐在个小板凳上缓一缓。耳边听得锅里的说话声变得瓮声瓮气，还是一群人，被人关进了一个深窑洞，出不来，只能一个劲儿在里面嘈杂。门半开着，她抬头看着院子，厨房，车棚，土崖下的几孔老窑洞，都静悄悄的，没有半个人影子在这里走动。尤其那几个窑洞，装填炕的，装炭的，装洋芋萝卜的，放杂物的。它们的门框和窗子早就拆掉了，已经没有一丝一毫住人的温气儿。早些年它们可是真正地辉煌过呢，就从这土崖的顶上开始，一圈儿高大厚实的土墙围了起来，围成了一个小堡子。她好像又看到了小时候一家人在这堡子里过日子的热闹和富裕。牛和骡子养了一圈，羊一圈，粮食装在最左边那个窑洞里。麦囤子高得她只有骑在哥哥的肩膀头上才能勉强望得到麦子在里面囤积的样子。清油根本不用桶子装，直接盛在头号大黑缸里，用一个长把的圆木勺子往出舀。过些日子犒劳大家，宰一只羊，做羊肉蒸碗子，麻眼睛的娘亲自下厨。老太太双目失明，但厨艺过人，一样的羊肉白面，一样的调货作料，她手底下做出的蒸碗子就是香。等揭开锅，一股白汽翻滚，裹着一团香味扑得人脚跟子都软了，站不稳就得跌跟头。一家老小，算上雇来的人手娃娃，十多口子人，一人端一碗，围着一张大桌子吃，那个香，那个热闹……唉，提起来就像昨儿个发生的事啊，脑子里记得亮清清的，就像她还是个娃娃，还梳着小辫子，穿着花鞋，在地上扭着花步子学娘走路哩。娘是碎脚，缠成了一拃长，走路咯拐咯拐不稳当。娘那时候眼睛里还能看到一点人影子，气得指着女子骂，骂女子是猴性子……她揉揉眼睛，还是灰塌塌的，娘不见了，老堡子里一家人热热闹闹的情景全不见了。日头爬上来很高了，把土崖高大厚重的影子投在院子里,影子也灰塌塌的。

菜熟了。两个热菜下冷馍馍吃了起来。馍馍是儿子从镇上买来的。二儿子小儿子两个人每周轮换着回来看他们,开着小车,后备箱子里塞满了东西,水果,蔬菜,牛羊肉,馍馍。馒头、饼子、锅盔,怕老人吃腻了,变着花样儿买。她拦挡过几次,说买的馍馍味道不好,一股机子味儿,存在冰箱里时间长了就陈了,他们想吃新鲜的,她搅了酵子要自己做,想吃饼子烙饼子,想吃花卷蒸花卷。儿子不听劝,下回来照旧买一包,大锅盔,糖酥馍,葱花饼。儿子这是在表达孝心呢,她就不好再说啥了,还能说啥呢,自己老了,再提着两个手去起面揉面,确实很不方便。儿子一来就把鞋一脱上了炕,趴在被窝里看手机。儿子身上总是带着一股烟味,她就知道他又去麻将馆里熬了一夜。她忍不住数落他,儿子嗨嗨笑,不还嘴,还是忙着捣手机。小儿子这样,老二也一样。她不明白那么小一个手机,有啥吸引人的,把年轻人的魂给吸去了一样,只要一有空儿就垂着头看。她想给儿子念叨念叨,最近身体上这里那里出现的变化和不舒坦。可是看到儿子只顾看手机,她就刹住了,像丈夫一样,只是默默地望着儿子看。舍巴尔爷爷是个没心没肺的人,儿子买回来一包好吃的他就很满意,守在茶几边不住地吃,胡子上挂着口水也不知道擦一擦。她想骂人。心里头闷闷的都是气。但是骂谁哩?舍巴尔爷爷吗?他耳朵背得很严重,你就是给他说上半天心里的泼烦,他会一直傻愣愣听着,你以为他听进去了，引起了心里的感触在和你共鸣呢，可是当你问他我刚才说了个啥，他像瓜娃一样张大嘴巴，傻呵呵只是乐呵，原来啥也没有听进去。你逼着问急了，他给你驴头不对马嘴地答复几句，气得你想哭，他还是听不清，只是在心里胡乱猜测呢。唉，老汉娃娃，这人一老就开始返老还童，往回去倒着活了，越来越像个不懂事的娃娃了。

她觉得当务之急是给儿子说说她眼睛不行了的事情。这是个大事。瞒着娃娃，万一哪天看不见彻底瞎了，就麻烦了，那时节自己受罪，给娃娃添麻烦，儿子们还会反过来抱怨她为啥不早说，硬是把病情给耽误了。二儿子来了，又走了。不久，小儿子来了。她试着张了几次口，每一次话都泛出来在舌头尖上蠕动了，却被她又慢慢地吞咽回去了。她张不开口，因为儿子总是抬起头应付一句，然后忙忙地低头看手机，根本不是好好听老人说话的态度。她干脆不说了。说了又能咋样呢？邻居那家的老奶奶，眼里长了翳子，现在摸着走路呢，儿子跑大车，拉到大地方看了，说是白内障，现在还不能动手术。自己现在说出来，就算儿子孝顺，执意拉到城里去检查，能检查个啥名堂呢？动手术又费钱又要麻烦孩子们来伺候，儿子和媳妇现在都那么忙，闲坐一天就少挣一天的钱呢。别看儿子现在跑回来看望他们，好像在陪着他们，其实心里念念不忘地记挂着镇上的生意呢。

她无声地轻叹了一口气。孩子们孝顺，过几天来一个看看老人，你来我往的，这老院子里才没有彻底清冷下去。但是有一件事她不敢往深处想，现在她和舍巴尔爷爷两个人相守着，一个给一个做伴儿，万一哪一天谁先走了，撇下的那一个，日子可咋打发呢？如果是她走在前头，丈夫好办，他脾气好，没心性，估计到儿子家里去能把日子凑合着往下过。万一他前头走了，她就凄惶了，三个儿子，她谁也不想跟，老大在新疆太远，老二老三都租住在街面上，房子小，转腾不开，几辈人挤在那点小地方，多不方便。尤其在儿媳妇跟前吃饭，让人家端吃端喝地伺候，她想起那情景就心里冒毛毛汗。她一辈子心性强，啥都自己动手去做，能不求人就尽可能地不去麻烦别人。这么大岁数了，还早晚自己提着两个老手在面水里打滚，这也是不想给娃娃们添麻烦。养儿子为了啥，娶儿媳妇为了啥？为的就是等自己老了，脚手都僵硬迟钝了，有人做一碗热饭端到眼跟前，吃个热乎乎的现成饭。可是现在啊，人老五辈手里流传的习惯都被改变了，年轻人全跑出去挣钱去了，钱当然好啊，有了钱，日子好过，他们穿得好了，用得好了，吃嘴儿比过去富裕讲究多了，也有能力对老人表达孝心了。世事是好世事啊，可不是他们这些老年人的好时光了。

晚饭端上茶几，儿子溜下炕，趴在茶几上噗噜噜扒下两大碗，嘴一抹，妈，我得走了。小车屁股上冒着烟，儿子的脑袋从车窗探出半个来，大，妈，你们有啥事就赶紧给我们打电话，缺啥也言喘，有了头疼脑热就马上打电话！

舍巴尔爷爷腿脚不便，不敢走下麦场相送，站在大门口上,耳朵不行,听不清儿子从车窗里扔出来的话,但是他装作听懂了,老公鸡啄食一样一个劲儿点头,大声催促儿子快走,天就要黑透了,路不好走。

舍巴尔奶奶随着车送别。儿子开车疯,方向盘在手里玩具一样打来打去,车轮在碾麦场里向后扭几下,然后对着前方猛冲,车走了,一股白烟追随着车尾,追着追着最终被抛下了。

舍巴尔奶奶站在麦场畔畔上,看着穿过路畔的树丛,快速驶向远处的黑车,暮色从远处的山根下弥漫升腾,正向这里合拢压来。抬头望天上,整片天空像一片揉皱又铺开的老粗灰布,只有最西边那里,日头落下去的地方,一片亮色映照的晚霞还没有消散,她慢慢抬起头,歪着脖子痴迷地看着西山,那些晚霞像迟归的鸟儿一样挥舞着翅膀,在眼前头慢慢地慢慢地飞翔着,将一片巨大的黑影子投射在天幕上。

舍巴尔爷爷一个脚迈进大门了,忽然有些留恋地回头看了一眼,大声地感叹,今天的云彩真好看啊,红的红黄的黄,五颜六色嘛,简直把人的眼睛都耀花了。舍巴尔奶奶揉揉眼窝,再揉揉眼窝,眼前头始终灰蒙蒙的。她默默跟着丈夫走进大门,回手关门,日子寂寞,两个人一般都是老早就上炕睡觉。回家的整个过程里舍巴尔奶奶都没有吭声,也就没有人能知道她正在心里很深地怀念着从前那些能够看到霞光的旧日子。

窑年记事

月亮上来，明晃晃的月光扑满土炕的时节，男人和女人在说悄悄话。已经是深夜时分。夜到深处，连最轻微的动静都分外清晰，他们明显没有压低声音，他们以为四个娃娃已经睡着。而娃娃们一律有种毛病，白天到处蹦跶，玩耍得又乏又累，等头一挨上枕头就呼呼睡去，再也雷打不动，直到一泡尿憋胀，悠悠醒来，迷迷糊糊喊娘点灯。灯火下，闭着眼溜下炕。尿的时节还在打呼噜。完了爬上炕，头扔在枕上，又沉沉睡去。漫长炎热的夏天，每个人都困乏得要命。这样乏，主要是因为农活太苦了。扇子湾的人都这样辛苦。不分男女老少，每个人都长着张嘴巴，要吃饭，就得辛苦。往往从清晨忙到暮色落尽。不忙咋能行呢，不忙就得饿死。

这个家里谁最辛苦，一年四季，谁跟驴一样淌血淌汗地下苦哩？你说说，是谁？女人的声音在黑暗里流淌。仿佛夜是会润色的，女人的声音经过夜色的滋润，比白天轻柔多了，还带着些说不出味道的娇嗔。

当然是你，苦了你了，这么多年，我是看在眼里的。男人说。他的声音与白天差别不大，只是鼻音浓了些。

说完两个人沉默了。肚子隐隐地疼，把我疼醒了。醒来恰好听见他们的谈话。

被子全被姐姐扯去，我的肚子就一直亮在外面，现在已经冷得像面圆圆的皮鼓。我想喊母亲点灯，可是，刚才的谈话又开始了。是絮絮的，含屈带怨的声音。母亲像个没有长大的碎女子，在亲娘怀里撒娇。他们的话把我吓了一跳。

我们该分家了。女人说。接着就列述了分开过的几条理由。这些理由一一听下去，我不由得在迷糊中直点头，暗暗佩服这个女人的想法。这些想法太正确了。

人家都是刚成亲就分家，我们已经一起过了十来年了，娃娃都生养了四个，还要拖到啥时节？让我老了，头发白了，还给人当媳妇子吗？

母亲还提到了自由自主这些在平常日子里无处不在的权力问题。每一年庄稼收回来，全锁进仓库窑，钥匙在爷爷裤带上，母亲想卖几斤粮食给娃娃和自个儿扯件衣裳啊，买瓶雪花膏啊，都没有钱。日子长了，想吃点啥好的，得请示公公婆婆，自己不敢做主。还有，纵使做了，也是人口众多，狼多肉少，吃一口好的不容易。等等。都是生活里的小事，琐碎事，但也重大，母亲屡屡受着委屈。憋屈着，心情就长久郁郁的，早就盼着分开过。我们几个娃娃也盼着分开过日子。在自己的家里，父母疼爱，行动自由，不像挤在这个大家里，处处挨爷爷骂。爷爷火气上来动辄捞家伙修理我们。

再不分，我真的就老了。你总得叫我过几天舒心日子吧。母亲在乞求。在父亲的嗯啊声中，她唏唏嘘嘘地抹眼泪。

盛夏过去，收割庄稼的时节，分家的迹象渐渐明晰起来。碾完麦子，用口袋装，用的是长条形的那种毛线口袋。装满一袋，两个男人抬到后院的仓库窑里，倒进麦圌子里。圌是去年打成的。把麦草像编辫子一样编，编了足足六七天，才够围得起一个小一点的麦圌子。世上绝没有这样粗这么长的辫子，像男人的大腿一样的粗。为了围起一个麦圌子，母亲磨出了两手的伤疤。母亲坐在满地堆放的草辫子上，悠悠地叹气，说啥时节能给自个儿家编这么一个大麦圌，日子就有奔头了。这是去年的事。

今年的打麦场上，往麦圌里倒进十一口袋麦子后，爷爷发话了，剩下这些分开倒，分给你们的。父母面面相觑，先是惊愕，慢慢地母亲不动声色地乐了。再看奶奶，也是不动声色，埋头干她手里的活计。如此看来爷爷奶奶他们早就商量过了，分家是迟早的事，确实不能再耽搁了。今年终于真的要分了。秋天的庄稼一样一样收割回来，碾尽，一样一样地分了。每样都分得不多，基本上是按三七甚至二八的比例分开了，我们少，爷爷家多。奶奶说他们家是老家，人口多，花费大，得多留些粮食。这话把母亲那点不情愿给堵回肚子里去了。

挖洋芋了。今年雨水足,洋芋长势喜人,丰收了,我们分到好大一堆。在地里就分开了,大堆拉回奶奶家,小堆拉到新家。我们的新家在一个大场上,大场是农业社时队里的公共碾麦场。场后是一面高高的崖,崖面上分布有一排窑洞,大小一共五个,是农业社时队里圈养牲口的地方。母亲扫净了一个最深的窑洞,由父亲抽空和泥,泥了窑里面。将敞开的窑门口用胡基扎严实,留下门和窗户。农忙还在持续。我们的父母就一面忙农活,一面抽空子收拾土窑。母亲的劲头尤其大,一有空闲就往新家跑。慢慢地,炕也盘起来了,挖了烟洞,泥好锅台,安装了案板。一点一点,零零碎碎地收拾着。

待到落过一场寒霜,步入冬天,我们正式分家了。吃过早饭,就开始拉东西。被褥箱笼,粮食盆罐,乱七八糟的东西,竟然拉了好几趟。为一台老柜,母亲终于和爷爷一家人闹红了脸。不知是啥年代传下来的柜子,红色的油漆已经脱落得没有一处完整的地方。这柜子,就像全身上下每一寸肌肤都受伤的人。却有一点好处,就是它带有一个巨大的暗仓,推开柜盖,可以在里头藏上各种体己的珍稀的东西,然后上锁。没有钥匙,一个苍蝇也飞不进柜子里去的。

母亲偏偏看上了这个柜子。奶奶他们偏偏对这个老柜感情深厚,无论如何不肯割舍。母亲对着一群冷面的人说好话,翻来覆去说,说得嘴角都堆起沫子来。母亲说我在这个家里下了十来年苦,没有功劳,苦劳总该有的吧。终于,爷爷松口了,说看上就叫拿去,我给咱再做一个,保证是一模一样的。爷爷这话不是吹牛,乱开空头支票,他本人就是个小有名气的木匠,做这样的木柜肯定不成问题。奶奶也不再坚持。只有碎巴巴和姑姑两个人,抱住柜子哭。哭声呜呜的,好像在与一个人做着最后的生离死别。

最后母亲还是把柜子拉走了。一开始帮忙拉东西的碎巴巴和姑姑躲进他们的屋子,用沉默表达着他们的反抗,任凭母亲一个人去拉柜子。他们不愿意再帮忙。母亲一个人不可能把这么大的柜子弄上车子。他们最终还是出来了,眼睛红红的,清理了柜子抽屉里的杂物,抬柜子上车子。

等拉了几车子柴火、干牛粪,天已经黑了。炕洞里早一天生上了火,煨上牛粪,青烟徐徐冒出烟洞口。过一会儿,我们的新灶膛里也升起袅袅的炊烟。母亲开始做饭了,是我们搬入新家的第一顿饭。姐姐踩着木头墩子帮忙。煤油灯盏被高高挂起,母亲说高灯照远。但捻子那么小,窑这么大,我们坐在门口,就只能看见窑里的蒸汽中,亮着蚕豆大一点微光,母亲和姐姐在热气里忙碌。新泥的窑墙,泥皮没有干透彻,有股淡淡的潮湿味。有烟从炕缝里钻出,乘机冲击着我们被烟火熏燎的鼻息。累了一天,母亲丝毫不显得疲劳,在锅灶前大声说着话,声音朗朗地笑。母亲忽然年轻了许多,给姐姐讲起她初来这里当媳妇的事,说媳妇子不好当,得熬。

我就熬了半辈子,你们几个都这么大了,这才盼到分开过的日子。

饭做成了，是洋芋揪面片，还打进去两个鸡蛋。一定是母亲在搬那个大瓦瓮时，装在黄米里带来的鸡蛋。这顿饭我们吃得香甜极了。大家坐在门槛上、炕边上，噗噜噜往嘴里扒饭。吃着，有人忽然伤感起来。是大妹子。她四下看看，说我要到奶奶家的饭桌子上吃饭去。

奶奶家只有一个饭桌子，没法分给我们一张。我们这才发现，自己真的已经离开那张饭桌子，离开那个家了，也就离开那许多人挤在一起，吵吵闹闹的场景。再看窑里，一星油灯的火苗在黑暗里悠悠地扑晃。这个新家，怎么感觉有些孤寞。我们从此彻底与碎巴巴他们分开了，再也不能在一起争抢这个争抢那个了。最初的兴奋一点一点泯灭，变得心情复杂起来。

天色黑透了，姑姑才磨磨蹭蹭挨进门来。她来给我们做伴。父亲在二十里外的乡政府工作，时常不在家，得有个大点的人来为我们做伴。毕竟是刚刚搬进来的新家，院子没有围墙，敞开着。

姑姑小心进了门，生巴巴的，像是来这里做客的。忙了一天，头挨上枕头，大家就沉沉睡了。门外不断响起狗咬声，铁链子哗啦啦响。被铁绳拴住的是黑狗，今年春天出生的狗娃。母亲在一窝狗娃里挑它，喂养着，现在已经能给我们看家了。庄子里盗贼不少，养条狗看家是十分必要的。母亲在众多狗娃里一眼就看中了这只毛色纯黑的，悉心喂养了大半年,现在派上用场了。看来母亲她想分家的心思早就有了。

狗叫声惊醒了我们甜美的梦。真的要吵翻天了,长短不一,急缓交替的吠叫,在深夜里听来,十分惊心。母亲握上手电筒和姑姑出去查看究竟。门开了,只见外面冷风习习,夜色浓黑。门外传来腾腾的奔跑声,狂吠疯叫,终于渐去渐远,最后只剩一条狗在铁链子的哗哗声响中呼呼喘气。

这些狗要疯了。母亲说。声音和身上同时带来一股扑面的寒气。夜似乎更黑了,窑里的夜色简直黑得化不开。

好几家的狗都来了,撵着我们的黑狗来的。母亲说。把头放在枕上,忽然嗨嗨地笑,说:说明我家黑狗的人缘还不错嘛,能招来成群的狗朋友。

我们复又沉沉睡去。睡梦里一片夜色,浓黑浓黑的。几条毛色不一的狗围着我家黑狗,跳呀嚷呀,好像它们在召开一个会议,在商讨什么大事,到激烈处,大声争吵、嚎叫,不可开交。呼叫声在我们的睡梦里沸腾,一派热闹。

日头出来,母亲才喊我们起床。姑姑早已走了。门外的狗也走光了,场地上留下无数凌乱的爪印。黑狗蜷缩在崖底下睡觉。

阳光正好照在崖上,我们的窑洞沐浴在一片灿烂的霞光里。站在远处遥望,我们的新家竟是一派辉煌。然而,走进窑里,还是会发现我们的新窑其实是简陋的,甚至是十分简陋的。这间住人的窑里,进门是面大土炕,炕后是那个老柜子，柜后面，就是锅台与案板。更深处，摆放着水缸、盆罐一类。窑地中间，是一个不大的麦子栓子，栓子旁靠着一口袋秋粮。到最后面，是一堆洋芋。母亲把洋芋详细分拣了，大一些的我们吃，中不溜儿的开春当种子，最小的，腐烂的，煮熟喂狗。

我们还没有牲口，有的话就得另收拾一间窑洞。目前其他窑洞都还空荡荡放着，张着幽深突兀的大口，等待我们去填充，用时光慢慢填充上人间的温热与烟火气息。忙活了这么多日子，住人的这间窑里尚有些冷清，而母亲累得腰也抬不起来了。还有这么多空着的窑，而空荡荡的院子，也急需用围墙包围起来。母亲眼前的日子真实又艰难，得一点一滴地收拾。

父亲回来，把自行车骑到奶奶家，然后才到新家。以后再来就直接到达我们的家，买来的小零碎交给母亲。母亲微微笑着，娇嗔地埋怨说乱花钱买那干啥，把娃娃的嘴都惯馋了。边说边把糖果苹果一类分给我们。我们每个人拿到手的分量比过去多。如若称了肉来，做成饭菜给奶奶他们端去一些，剩下的，我们几个娃娃可以由着性子吃。想吃几碗就吃几碗，不用担心挨爷爷白眼。爷爷最见不得娃娃家嘴馋了。吃着饭菜，亲身体验到分开过日子的甜头，我们醒悟，怪不得母亲早就嘀咕着要分家，我们还一直以为像父亲搪塞母亲时说的那样，说她在无事生非。现在看来，分开确实有好处，活着的方向一下就明确了，干活也信心大增，知道吃的每一点苦都是为了自己一家人。母亲的劲头尤其足。每天天还不亮，我们还在被窝里做着残梦，她早已悄悄穿衣下地，开门出去，满院子找活干。以前，这样的活计，能推诿过去的话，偷偷懒就过去了。现在里外都得她一个人操心，这个家的担子全部落在她一双肩膀上。天气越来越冷，母亲顾不得寒冷，穿暖和就出去了。挑个狗粪笼子到满庄子拾狗粪。一趟狗粪拾回来，我们正睡得香，一些懒女人也正开门往外端尿盆。

母亲忽然没有了怨言。从前日子太过清苦时，她会对着父亲的耳朵叽咕些抱怨的伤感的话，说这样的日子过得人心里乏。现在好了，母亲不再说这样的话，下苦的劲头泼实极了。她早就明白，我们一家要想过上红火的日子，就得指靠她一双勤劳的手。她不敢偷懒，全力以赴，兢兢业业地面对着我们的日子。

事实上，母亲的心情前所未有地畅快。临睡前，打开父亲的收音机，放在窗台上，为了节省煤油，我们吹了灯在黑暗里听收音机。机子里有人在说话，男人女人轮换着说，同时响着的还有一种嘶啦啦声。他们在说什么，我们听得云山雾罩，不大明白。有时候会唱歌儿，女人尖尖的嗓音，唱：花篮里花儿香，听我来唱一唱，唱一呀唱——

姑姑心灵，听过一回也能跟着哼哼几句。时间一长，我们习惯了临睡前听一会儿收音机才睡。如果不听上一阵子，居然感觉不适应，难以入睡。

父母抽时间把窑门前的场地平整了。慢慢平出好大一片，作为我们的院子。一个闲窑里装着柴火，另一个装了些干牛粪。左边一个窑预备将来饲养牲口的。我们的家已经有模有样，完全是家的样子了。狗拴在窑门前的木橛上。狗窝也盖起来了，挺漂亮的一个低矮土房房。麻雀终日在崖顶的刺堆里吵，简直要翻天了。父亲说叫它们吵吧，吵着才热闹，才更像个家嘛。我们便从来不去打麻雀。等中午的日头照着，天气稍微暖和过来，母亲赶我们出门，到水沟里去拾粪。我们全庄子的牲口都会赶到沟底泉边饮水。那些牛和驴在喝水或者上坡时往往会屙粪，我们用铁锨铲进背笼，背回去晒干，可以烧来做饭，也可以煨炕。粪比柴火劲力大，耐烧。我和姐姐拾粪的劲头同样很足。我们心里盛盛的，一心要帮大人把日子过好。我们在梦想着，等出了这个冬，我们一定要积攒出半窑干粪，积攒下就烧他个三年五年。

我们的窑里慢慢发生着一些变化。虽然是极细微的变化，但在进行着，不间断地持续着。父亲拿回些报纸，母亲把墙糊了。挨着炕的一面墙都糊了，一直糊到窑顶上。炕后能蹭到人的后背的地方，还特意糊了些花纸，是碎巴巴念书用过的一本《说话》。

阳光斜射进窗口的下午，父亲给我们讲解墙上的一组画面。是懒汉的故事：女人要出门了，给男人烙好馍，一个巨大的馍，就挂在他脖子里。看看男人张口就能吃到，才放心去了。另一幅画上，女人回来了，男人已经饿死。脖子里的大馍圈，靠近嘴边的已经吃光，脖子后头的，却完好无损。父亲耐心给我们讲解其中的道理。

这种人饿死活该，吃屎的货！要生在我们扇子湾，在娘胎里就饿死了，哪有让他出世的道理。母亲说，声色愤愤的，仿佛这个饿死都懒得去吃脖子后面那半边馍的懒汉，就是我们家里的某个人。

确实，在我们这些靠天吃饭，土里刨食的人中，是容不得懒汉的。看不惯某个懒得生吃的家伙，在世上无为地活着。

人活着就得有事干，脚手勤快地活着。这是父母一直想教导给我们的，也是所有扇子湾人想教导给自己的儿孙后辈的。

做饭的时候，柴烟从烟洞徐徐游出，飘向辽阔深远的天空。一小部分烟，大部分蒸汽，在锅灶前缭绕，弥漫了整个窑。蒸馍头的时节，我们坐在炕上，看见里头的母亲和姐姐在茫茫蒸汽里影影绰绰，走来走去，忙这忙那。一旦谁到前面来，那汽就像一张大网，蓦地破了，一个人影走出来，然后水汽徐徐飘过去，慢慢补上了缺开的洞口。

柴烟蒸汽天天缭绕熏染着母亲和姐姐，也熏染着我们和我们的窑。墙面被热气侵蚀，慢慢显出旧的迹象，有了烟火气息。新糊的纸上落了油污、尘垢，窑顶上吊出一串串毛毛虫一样的尘烟穗子。母亲唠叨着用笤帚扫去，谁知过不多久就又挂上了，就得时不时地清扫。

严寒的冬一天天逼近，我们习惯了在炕上玩耍，一整天不出门。母亲教姐姐学做针线。姐姐性子蔫，反应慢，母亲絮絮叨叨说半天，她往往还领会不了是什么意思，急得母亲直捶炕。我们几个看着哈哈笑。风从崖顶上吹下来，经过那片陈年老刺，呜呜呜叫，一阵一阵钻进天窗。

母亲寻来一把草，塞了天窗，还替黑狗的窝里铺上干麦草，门口堵一面门板。这样人暖和了，狗也暖和了。

碎巴巴一直对柜子的事耿耿于怀，尽管爷爷已经锯好木头，准备做新的了，他还是对这个旧柜子难以忘怀，也就对母亲难以原谅。他极少来我们家，就算偶尔来了，也只是在门口站着，看看，走了。姑姑也很少来了。这个冬天她有了婆家。女子一旦有了婆家，身上穿上婆家送来的定亲衣裳，就心事重起来。常一个人沉默，想心事，要么就哼个小调儿，忧愁又得意的样子。

下了一场雪，大堆的雪堆在门外，父亲扫开一条雪路，任雪在门外堆着，自己慢慢地化。反正这片场地开春要开辟成园子种玉米的，雪消在上面是好事。炕烧得暖暖的，牛粪的味道随着青烟钻进鼻息，人的心里也暖烘烘。母亲怀里厮缠着小妹子，手里做着针线。一面和父亲商量，开春后，哪块地里种麦子，哪一块种上豌豆。算来算去，母亲就伤感起来，说爷爷心偏，把大块的平地好地全留给自家，分给我们的十来亩地，不光离家远，还尽是山坡陡洼一类的薄地。当老人的心眼儿偏了，真是没有办法。

父亲照旧用打哈哈搪塞了事。母亲继续数说，不依不饶。父亲看一眼窗外，说日头出来了，娃娃家快出去耍去。我们就明白父母要商量什么了。出去一看，日头果真挂在头顶处。冬天的日头尽管寒冷，但持久地晒着，便有了一些暖意。照一阵子，雪开始化。窑顶刺堆里的积雪，被麻雀拨动，吧嗒吧嗒往下掉。响声此起彼伏，持续不断。地上的雪开始化，处处流着水，地面上就布满了小小的河流。我们跑出来，在千万条小河上追逐，弄湿了鞋子，弄脏了裤腿，回去自然挨一顿母亲的烧火棍，心里却舒畅极了。

这样的日子真是自在。渐渐就忘了以前的那个家，连奶奶家那张吃饭桌子也不再留恋。倒不时想起爷爷威严的咳嗽声，我们几个娃娃，他看谁不顺眼，忽然抬手，一个巴掌早甩在对方脸上。想起这样的情景，就更不愿意去奶奶家了。

那个旧柜子，母亲上了锁，锁着花生糖果一类的珍稀物品，轻易不会给我们吃的。母亲说万一家里来了亲戚，就派上用场了。

父亲从单位回来，我们就不再收听收音机，老早吃饭洗锅，喂过狗，煨上炕，就顶门睡觉。姐姐自然去和姑姑睡。我听见父母在被窝里嘀咕，说明年一定得另外收拾一间窑，让我和姐姐搬出去住。娃娃大了，得分开了。

这话听得我心惊。分开，一旦分开我们一家人之间会不会变得生疏起来，就像我们和奶奶一家分开后那样。我的担心过不多久就忘记了，毕竟是来年的事，还很遥远。

进入三九，天气越发变冷。我们也生起了火炉。土窑本来冬暖夏凉，生了火，就有一种温暖如春的感觉。我们现在都喜欢我们的窑了。虽然有点深，里头还黑洞洞的。大白天我是不敢一个人到窑里头去的，姐姐说有鬼，红头绿尾巴的女鬼。幸好我从来没有与鬼碰过面。老鼠倒确确实实有。晚上搬得家具响，咣里咣当的，像有个大活人在翻箱倒柜。得养只猫了。还得养几只鸡。母亲说养上几只鸡，我们的家才会像个家的样子。养上鸡，日子长了，还能吃到鸡蛋，我们吃饭掉的渣儿，也不致糟蹋。

先从亲戚家抱来只猫，开春时节买来十一只小鸡娃，日子立时就满当起来，热闹不少。农家有三宝，鸡叫狗咬娃娃吵。我们什么都有了，空寂的场地变得热闹多了。

开春后骤然间忙起来。父亲隔三岔五去上班。母亲丢下奶头上的小妹子，跟上奶奶一家下地干活。我们虽然把土地分开，家也分了，但我们暂时没有牲口用来耕地，母亲就用她的劳力跟奶奶家换取牲口来使唤。

大人忙碌得整日难以归家，我们一向红火的窑里就渐渐变得冷清了。哄小妹子的任务落到我肩上，姐姐也在忙，她帮爷爷拉牛摆耧，打胡基，往地里送干粮和水，还得抽空子到门外的各条路上拾牛粪。春种开始，家家户户吆牲口上山耕种，牲口粪就随处可见。母亲说我们的柴火已经不多，得拾些粪。姐姐几乎每天能拾来两小背笼粪，背回来，就晒在窑门口。她还得担水，喂鸡娃，烧开水。担水对于她来说，还早着点,年纪和个头都差得远,就有困难。她本人就比水桶高不了多少。姐姐没法用水桶担水,就改用水罐,大人洗大净用的个瓦罐。据说是母亲嫁来时,娘家陪的嫁妆中的一样。罐沿上有个缺口,好像是父母两口子打架,母亲一棍子下去,没打到人,敲飞了瓦罐的一块沿。幸好边沿上的缺口不影响水罐的装水,姐姐决定用它来担水。

姐姐央求爷爷为她做了副小巧轻便的扁担,一头挑起水罐,另一头挂上水壶,她就披挂整齐上阵了。为了防止水滴外洒,水壶的口用一团棉花塞上。

姐姐像大人一样,挑着她的一对家当,踩着几十个台阶,小心下到沟底泉边,弯腰舀泉水。水壶可以舀满,瓦罐是不敢满的,她担不动。只是少半罐。从沟底担上岸,已经叫她气喘吁吁,腿脚发软了。

担着水的姐姐一个一个往上爬那些台阶,就有人在嘿嘿地笑,不无诙谐地说小心,女子你小心,万一把你大你娘的瓦罐卖了,就没法子洗人了,那两口子的日子还咋过啊。姐姐已经大了,隐隐明白那些女人男人肆无忌惮的笑声里的深意。回头狠狠剜一眼对方,低头走了。清水四溅,水滴洋洋洒洒,一路洒到进了家门,倒进水缸。

这里人幽默,失手打碎某样东西,就叫作卖了。幸亏姐姐谨慎,担了好几年水,始终没有失手,也就没有卖了父母的瓦罐。

母亲种地回来,边喂小妹子吃奶,边靠在墙上缓,乏得起不了身。身后那个懒汉的图画已经画面暗淡。

姐姐学习擀饭。个子太小，够不上案板，脚下踩个大木墩，还是显得力不从心。母亲起身亲自动手做饭。吃过饭，不用母亲支使，姐姐就把锅洗了。我们的锅灶早已由姐姐一个人刷洗了。日头刚刚斜过，奶奶已经在窑顶上喊，说去种另一片地，得趁墒情种。母亲不大情愿，还是去了。晚上回来，天色已经落尽。老远就闻到一股焦煳味扑鼻而来，进门才知道姐姐等不及大人回来，就动手做晚饭了。

做什么呢？煮洋芋最简单。从窑后拾半盆子洋芋，掏洗干净，放进锅里，倒一瓢水，开始点火烧。她经常给母亲烧火，但就是没留心煮洋芋该放多少水。问我，我更不知道。最后，她咬咬牙，豁出去了，倒了一大瓢，盖上麦秆子做的草盖子，开始烧，投入而忘我地烧。分家时爷爷为我们做了个新风匣，样式粗笨，结实。拉起来风虽然大，可是太重了。那杆子，大人拉一会儿也会胳臂疼。姐姐要拉动这个风匣，流利顺畅地拉出风来，就没有办法坐着木墩，四平八稳地拉。她跪在地上，两个膝盖头也在鼓劲，全身更在鼓劲。抓一把柴扔进灶膛，再双手抓住风匣把使劲拉。拉出来，又推进去，来来回回，往复不断。身子在一仰一俯，一起一落。风板在起落中吧嗒吧嗒扇动。

窑里静悄悄的，我怀里的小妹子，听着吧嗒声，慢慢睡着了，脸上还挂着淌过的泪痕。

姐姐还在拉风匣。这样好听的，节奏分明的起落声，听

窑年记事 / 185

着听着,我也靠住墙昏昏睡去。我越来越觉得姐姐像我们的娘。她像娘一样地替这个家操心,什么活计都搜寻出来干,还动辄絮絮地训斥我们几个小娃娃不听话。那神态、语气,生气时噘起嘴巴的样子,简直就是另一个母亲。

母亲回来了,她三步并作两步,直接冲进了门。风匣声还在吧嗒,姐姐劳动得艰辛而投入。母亲一把揭开了锅盖,一股滚烫的焦煳气息冲天而上。

停下!停下!再烧锅就炸了。母亲跳着脚哭喊。姐姐如梦方醒。半锅洋芋已经有大半焦了,粘在锅底里,连蒸馒头用的麦草锅盖也烤黑了一道边。母亲心疼极了,捞起烧火棍就打。姐姐哭,母亲自己也哭。母亲的烧火棍是最可怕的刑具,打过的地方疼得直钻心。尤其打在手背等骨头突起的地方,能叫人死去活来。她常用这刑具教导总是闯祸的我们。我望着窑里哭泣的母女二人发愣。今天这是怎么了?怎么会发生这样的事?母亲忽然扑过来,一把压倒我,噼里啪啦一顿好打。我尖叫得气也要断了。母亲骂:叫你坐在炕上看热闹!你姐烧焦了,咋不给她说一声?锅炸了,我们用啥做饭?你们吃屎吗?我这才弄清挨这顿打的原委,心里那个委屈呀。都怪姐姐多事,替母亲做什么饭,反倒招来这场横祸,这不是自讨苦吃吗?

姐姐悄声吞咽着眼泪,起身铲出焦洋芋,把能吃的拣出来,半焦的喂给狗,锅底里焦成了灰,铲出一堆黑灰,倒了。扯一把麦草刷锅,刷了好几遍,黑水倒出一盆子。看看锅完好无损，母亲的脸色才和缓下来。我们在灯盏下，就着咸菜吃洋芋。没焦的洋芋绵得很，咬在口里，满口面泥。吃着，母亲后悔起来，说我的娃还疼不疼，我下手重了些。姐姐噙着泪摇头。这一夜我们没心思听收音机，倒头就睡了。

等种完所有的地，姐姐学会煮洋芋了，还学会了做浆水酸拌汤。其实这两样在所有的饭菜里是最简单易做的。现在母亲如果偷懒，不想沾面手，姐姐就下厨。我们一顿酸拌汤，一顿煮洋芋地交替吃。

父亲回来就不行了，父亲是不愿意吃酸拌汤的。我们看见远处的山口有自行车出现，并沿着通往我们家的这条路骑，就知道父亲回来了。看见自行车箭一般飞下山路，渐渐近了，我们雀跃欢呼。父亲回来是令人分外高兴的事，他不会空手回来的，总会带着一把糖果什么的小零食。

父亲走路喜欢背搭手。他身上穿的是四个兜的干部装，头发一律微微向后倾去，大伙说这个头型叫大背头。父亲把车子推进窑里，放到最后面。饭还没有熟，他就拿把铁锨平整窑门口的场地。这片场地，一半我们种上了玉米和蔬菜，一半要平整成碾麦场。我们扇子湾的人家几乎家家门口有片场地。要想把日子过得跟大伙一样，我们当然也得有个场。

第二天，吃过饭，父亲开始育树苗了。把尚未吐芽的杨树枝砍下一些，将粗的剁成一拃左右的节，剁了一大抱，埋进挖好的坑里。姐姐也给我和她埋下了一些。春暖花开的时候，我们育的苗出来了。是杨树，密密的一片。父亲说明年就能栽了，在我们院子的一周全栽上树。等它们长大了，既可以为我们遮风挡雨，又能乘阴凉。

我们育苗的同时，母亲抽空子从奶奶家的菜园子里移来两棵杏树。树不大，根还小，连土挖来栽下了。浇了几遍水，居然活过来了。母亲说桃三年杏四年，这杏树很快就会开花结杏子的。惊喜的火花顿时闪过我和姐姐的眼睛，仿佛花已经开了，金黄的杏子挂上了枝头，我们心里那个高兴啊。春风柔软的掌心抚过我们的面颊，麻酥酥的，我们也在生长，庄稼一样，树木一样，出了这个冬，我们的辫子分明蹿出一大截。

父亲和母亲沐浴着春风，在窑门前打墙。像扇子湾的所有人家一样，我们得用黄土打起墙，把我们的院子圈起来。这样才能像个真正的家。没有墙的人家，院子永远敞开着，就有种不安全感时时揪着心。用墙把院子圈起来，院里和院外就是两个世界。我们就可以在院子里全心经营我们的日子。

姐姐也帮忙打墙，上土，抽绳子。由于人手少，进度便分外缓慢，加上父亲时不时离开去上班，这墙就打打停停，一共十三堵墙，居然一直拖到夏天才完工。

种完地的那阵子，母亲去集市上扯了些花布，为我们做衣裳。母亲是横下心，才舍得花这笔钱的。她还买了口大铁锅，锅盖，锅灶上用的瓢盆碗筷，样样都置办了些。奶奶家分给我们的，实在不够用。一口碎锅，一把勺，按人头分的碗筷，如果我们吃饭时恰好来了个人，就没有多余的碗给来人舀饭。我们凑合了一个冬，母亲心里的一口气就憋了整整一个冬。

连折筷子烂碗也没有给我们多分一点！母亲说，愤愤的。说起分家，分到的财物，母亲就觉得不公平，给我们的太少，简直没法过日子，就是凑合着也不行的。母亲说你们奶奶的木床子上的那摞被褥看见了吗，都是我缝的。大冷的天，我一个人跪在炕上，一针一线缝。他们咋不分给我一床？人心都是黑的。

我们的被子还是父母成亲时用的，已经旧得不成样子。幸好母亲不时缝补，棉花絮絮才没有掉出来。现在，我们得缝床新的，像样点的被褥。父亲扯来布料，称回棉花，母亲缝。缝了条被子，一条褥子。缝好了，并不急于让大家盖，父亲盖也不行的，叠放整齐，摆在炕后的一个土台上，苫得整整齐齐。苫被子的被单也是新扯的，母亲特意在上面绣了几朵花。

添了新家具新被褥，我们的窑里也添了些喜气，日子便有了蓬勃向上欣欣向荣的新气象。

做新衣裳拖了好些日子。原本母亲说要做裙子的，这需要想，想做成什么样子的，如何做。她就对着一片布思谋。比画过来，比画过去，最后才捞起剪子嚓嚓地剪。看看做成了，却是件衬衣。我们姊妹每人一件。面对衬衣，我们眼前一亮，随即就黯淡下来。不是说好做裙子吗？我们庄子里还没有人穿裙子。集市上有。穿裙子的人，就像下凡的仙女，被微风吹动裙子的下摆，翩然而行，那个优雅那个动人啊。但母亲给我们耐心地分析了不做裙子的原由。她说：一来，我不会做裙子。我和你们一样，也是远远看见别人穿，咋做哩，手里捏着布就不会了。二来，我们扇子湾目前还没有人穿裙子，女人和女子都没穿。要是你们真的穿上，你们想一想，肯定会有人笑话，会像看猴子一样地看你们。

总而言之，我们是无缘穿裙子的。不过，衬衣也好。颜色不一的四件衬衣，穿在身上刚合适。我们把自己的衬衣叠好，让母亲收进她的木箱子里。

姐姐整天忙于铲柴。背上小背笼，手提铲子，和一伙姐妹上北山，跑南山，铲回一种叫草胡子的柴火。背回来晒干，我们就可以烧火做饭。干活的时节我们都穿旧衣裳，新的出门时才穿。这是父母从小就教导给我们的，过日子必不可少的法则。我们得节俭，吃饭穿衣都得精打细算。

院子墙打起来后，请爷爷为我们做了双扇的白木大门。这样一来，只要我们关上门，我们就与外界隔开了，里面是一个封闭的小世界。黑狗显得难以适应这样的封闭。有了墙，又有了大门，它看不见外面路上行走的人、远处蹦跶的狗。孤独突然降临了，黑狗的脾气狂躁起来。突然间，它会发了疯一样狂扑乱咬，扯得铁绳哗啦啦响。叫到最后，声音尖细尖细的，我们偷眼打量，它仰头向天，呜呜地叫，叫声像女人伤心至极的哭声，好像在对着天上的某一处告状，诉说内心的伤痛。这就奇怪，难道狗也有伤心的事吗？我们并没虐待过它，我们一家不是心底毒狠的人，吃喝从不忘它，剩饭面汤刷锅水，全归它。它的哭叫肯定不是饥饿所致。

还是母亲想起来了，说黑狗它一定是心慌，心里焦急才这样哭叫的。狗拴的时间长了，是会发疯的。我们关上大门，试着解了黑狗的铁绳，让它松松劲，自由走动一下。脱了缰绳的黑狗，不敢相信自己已经获得自由，小心地向前迈步。等到走出十来步，发现居然远远超过平时所能到达的范围，马上小跑几步，随之蹦出几个蹦子，箭一样乱蹿。院子这样大，它几个来回就蹦跶到了。扑进窑里来，到处乱嗅，看样子它欢喜得要疯了，见了人拼命往身上蹭，亲切得不行。母亲叫我们进出时随手关上大门，不能叫黑狗出了大门，出去万一咬伤人就麻烦了。

转悠到下午，黑狗的兴奋劲儿渐渐小了，终于消失殆尽，爬到窝门口拉长身子歇缓。母亲乘机又给它套上铁绳。黑狗一连乖顺了好些日子。以后再发狂，就解开绳子，让它在院子里自由半天。不知道从什么时节开始，我们方圆的人家都把狗拴了起来。以前拴的，是那些见人就咬难以驯服的劣狗。其他的狗任其满世界游荡，东家进，西家出，成了游狗。游狗出门在外一般不咬人，只有生人进了主家的门，才咬。

这两年兴起了老鼠药。卖老鼠药的人，那脸色往往比老鼠毛色还黑，手拿喇叭在集市上吆喝：不用不知道，用了吓一跳；三不倒，全部倒，闻到死，统统死！还有个青年人，小小的眼睛，下巴尖得出奇，他那尊容比老鼠更像老鼠，他吆喝的词儿成串，我们偶尔跟上大人赶一趟集，就记下了他的话，是历数老鼠的无数劣迹的：上桌子，下凳子，搬倒油瓶子，打了面坛子，害得你一家人跳蹦子！

鼠害确实难治，养猫又有诸多麻烦，就有人买了包药，撒在洋芋片、苹果片或者馍馍上，放在老鼠出入的洞口。果然就见了效。是奇效，一时间毒得死老鼠死黄鼠随处可见，连长尾巴的松鼠也难逃厄运，松鼠死后，那美丽的长尾巴还在风里摇晃。猫见了老鼠，不论死活都会吃的，吃下猫也死了。狗也有吃死物儿的喜好，狗便同样难逃魔爪。有些人，怀着某种复仇或别的意图，把药包在馍馍里，扔给别人家狗吃。即使将狗拴着，人家也会隔墙将药投入。吃下过不多久，狗就发狂，吐血而死。过了半年时间，扇子湾的猫狗死了大半。剩下的那些，随时面临着死亡的召唤。奶奶家那条麻色母狗，一月前死了。它正是我们黑狗的亲娘。母亲说就算黑狗心慌得要死，也不能放它出大门。出去等于让它去死。我们怎么能舍得黑狗死呢，它可是我们家最得力的一双耳朵，为我们守夜呢。

事实上，自分家以来，黑狗已经像一口人一样为我家发挥着作用。尤其是夜晚，父亲经常不在家，我们母女几人总是胆战心惊。邻村一个叫大头狼的人，偷遍了附近村庄。他身材高大，孔武有力，一般的男人也奈何不了他，更不用说妇女和娃娃。传说他夜里翻墙极容易，偷拿东西就像伸手拿自己家的一样随意。有两口子睡在屋里，嘀嘀咕咕说话，他进去偷走了箱子里的钱，那两口子连时间都不知道。还是大头狼自己向人宣扬出去，大家当笑话传，那两口子才明白，那笔不翼而飞的钱去了哪儿。

父亲每次去上班，就嘱咐我们晚上早早顶门，就算门外狗咬翻了天，也不要出去看，人家看上啥，就任由人家拿去，反正外面也没什么值钱的，几只鸡，几件农用家具，最值钱的，莫过于我们最近买的一头毛驴，他看上就叫拉去。

父亲说的是宽慰人心的话，母亲怎么会不明白呢。她就禁不住担心，甚至想，那大头狼会不会一气之下，踢开我们的窑门，到窑里来行窃。这就有些可怕了。黑狗尤其显得重要了。我们的黑狗是那种特别性灵，叫起来特别烈的狗，一点也不偷懒。别看它大白天总睡觉，头缩在肚子下，一睡好半天。到了夜里，它精神抖擞地起来了，机警地捕捉着夜色下的每一丝动静。稍有风吹草动，便汪汪汪汪地叫起来。

母亲能从狗叫的急缓程度上分辨出不同的含义。如果汪汪咬上一阵子，停下了，过一会又汪汪数声，叫声拉得长、舒缓，说明有人只是路经此处，并没有多做停留，要么便是夜鸟惊吓了狗，或者是别处的狗在叫，我们的狗听见了跟着叫，表示呼应与援助。这样的叫声几乎每夜都有，随时会发出，我们司空见惯，也就不予理睬。

另一种叫声却得分外留心。狗突然咬起，一开始就气势汹汹，叫声惶急、短促，伴有扑抓蹦跳，铁绳被拽得哗啦啦响。这时候，往往是夜深人静时分，庄子里大多数人已经沉入梦乡。月亮睁着睡眼，在当空发着悠长的愣。

母亲被惊醒了，竖起耳朵听。黑狗还在咬，声音快要嘶哑了，不间断地咬，好像人已经翻过了墙，进到院子里来，就在窑门前转悠。此时的黑狗像个气得要命却难以喊叫出口的结巴，嘶叫变成了单调的咣咣声，

母亲悄悄捅醒姐姐，耳语说你听，好像有人进了院。其实我们都醒来了。狗这样叫，叫声几近惨烈，只要我们长着耳朵，都会惊醒的。黑夜里我们不敢出声，蜷缩在被窝里，噤若寒蝉。狗叫声传进窑里来，带上了扩音，仿佛被放大了，就在我们耳边响。窑里一团漆黑，我们摸黑互相扯被子，都想把自己的头包得严实点，似乎这样就安全了。

母亲穿戴整齐，摸下炕，到门背后握住了铁锨。那把长把圆头的铁锨我们每夜临睡都会拿进来，立在门后，好像我们会随时扛上它冲出去，去和盗贼拼杀一番。

黑暗中，母亲握紧了铁锨，如果贼敢破门而入，相信我们的母亲会勇敢地将铁锨砍向他的脑袋。

如果家里有男人，早就打开门出去了，查看一番究竟。母亲始终没有勇气开门出去。只是站在地上，守住门，在为我们站岗。时间停止了流动，呼吸声也凝固了，只有心跳的声音在突突作响。

月亮西斜，在窗台上泻下一道微光。狗叫声终于逐渐衰

减下来，慢慢地停止了。母亲吐出一口长气。我们紧缩的心舒展开来。母亲把铁锹放到炕头伸手可及的地方。我们这才松开紧缩的神经，放心睡去。

第二天一大早，我们都起来了，没有人偷懒，跟着母亲查看情况。母亲像个细心的地下工作者，耐着性子查看各处墙头。果然看见了两个脚印，男人的巨大脚印，能断定贼是从这儿翻墙进来的。接着我们查看了各个窑洞。我们发现，贼没有拿去什么，鸡一只没少，毛驴在槽上吃草，不时打出满是草腥味的吐噜来，几件农用家具都在。只是有一条步犁，从北墙根挪到了南墙根，想必原本要拿走的，后来不知为何又放下了。

黑狗在窝里睡它的懒觉。窝门口多出一道壕，看来是狗情急中刨抓弄出的。母亲松了口气，说还好，还好，没有啥损害。吩咐姐姐做饭多放点面，给黑狗也倒一碗饭。

吃了饭的黑狗蹲在窝门口，身子竖起，前腿立地，后腿和尾巴支撑着身子，样子就像一个人，累了便蹲着歇缓。它显出受宠若惊的样子，不断冲我们点头哈腰，使劲摇尾巴。血红的长舌头伸出来舔一下嘴角下唇，又收回去。不断重复着相同的动作，眼睛里闪烁着温和乖顺的光。

这是咱家一口人，比个大男人还顶事。母亲指着黑狗说。把自己碗里半碗饭也倒进狗食盆子里，乐得黑狗跳了个蹦子，咣咣地吞咽着饭食。想起昨夜的情景，感觉真是恍如一梦。

我们的庆幸没有持续多久，母亲又有了新的担心。她深入地思谋着,说贼啥都没有拿,这不合常情,啥都不偷,难道贼只是来我们家转转的,这还算个贼吗?

不偷东西的贼,显然不能算作贼。这就有悖常理。说明了什么呢?说明贼他没有办法拿走相中的东西,比如步犁,比如鸡,比如毛驴。是什么让贼站在我们院子里改变了主意?母亲说,是黑狗。是黑狗用它持续不懈的狂叫、疯咬,吓退了贼。母亲担心的问题就出现了:狗吓退贼,是贼无法得手的障碍,那么,下一步,贼会不会动手清除这一障碍?除掉一条狗,实在太简单了,将包有老鼠药的馒头扔进墙来,纵是大罗金仙也在劫难逃。

万一有人向我们的黑狗投了毒,我们可怎么办?现在狗越来越少,到哪儿去讨要一条来?再说由小到大,得有一个过程,不是三五十天就能把个狗娃喂养成看家的大狗的。一个狗和一家人的融合得有一个长期的过程。失去黑狗,再喂养起一个另外的,这事想想就不妥帖。在我们的意识里,谁也没有黑狗好。

此后,母亲看着黑狗的目光慈悲柔和起来,似乎她已经料定,这狗是活不了多长日子,终究会离开我们的。遇上黑狗犯懒,将屎尿拉在窝门口,母亲也不再指着它鼻子大声训斥,而是拿过铁锨铲土压了,口里半是埋怨半是娇惯地说这个黄毛子东西啊,越大越没有记性了,话也不好好听了。黑狗当然全身纯黑,可母亲喜欢称呼它黄毛子东西,给人感觉它是长有一身黄毛的。这狗越来越像是母亲的一个被惯坏了的孩子。

时间像生长在我们崖顶上的那些刺,不断地发生着变化,发芽,长出繁密的叶子,夏天还开出淡淡的小花朵,秋天枝头上挂满了红红的小果子。花开了一茬又一茬,果落了一地又一地。一年又一年过去。我们慢慢积攒了钱财,在窑门前盖起一排面南坐北的房。盖成后我们就搬进了新房。父母住大上房,我们姊妹住偏房。还有一间精美的小厨房。房子间间宽敞明亮,我们当下就从窑里彻底搬出来。

搬的那天,我站在窑里,默默地把我们的窑打量了最后一遍。我想记住我们在这里生活过的情景,家具被褥和盆盆罐罐在里头摆放的情景。墙上的报纸换过好几遍,总是容易变旧。当初泥上的泥皮也不再光鲜洁净,变得黑乎乎的。锅台后面,那片烟火熏燎过的地方更黑。扣碗的地方,一道深深的土痕印进墙里。时光的痕迹,一点一点嵌入泥土,居然留下如此触目的印痕。

突然,我觉得我们的窑很苍老,像个年迈的人,身上刻满了时间的伤痕。它在风雨中看着我们蚁虫一样碌碌地为生活奔波,现在又跑出跑进搬光所有的东西,留下一些蛛网尘土与烟痕,逃一样离去。我们在这窑里生活了五年。整整五年,我们一个个长高了好大一截子,窑却在我们的成长中一寸寸低矮下去,老迈下去。

黑狗最终还是死了,死于毒药。等我们从地里干活回来,它已经毒性发作,在地上打滚,将黄土地刨出好大一个坑，它住了多年的窝也被它顶翻了。黑狗的样子狰狞极了，疯狂地往土里挤，仿佛要把地挤开个口子，它好钻进去。父亲恰好也在，忙和母亲给狗灌浆水。大家说浆水是能解毒的，有个小媳妇吃了鼠药就是靠半缸浆水救的命。然而，已经迟了。黑狗的牙口已经僵直，大家用棍子撬开嘴巴，把水壶嘴塞进去。浆水从水壶嘴流出，在黑狗嗓子眼里打旋，就是不见下咽。灌了一壶，又一壶，全灌到外面了。父亲身上溅满了浆水。母亲还在不住地央求，恳求大家救救我们的狗。其实闻声而来的几个男人，大家都在帮忙，浆水早就弄湿了他们的衣裤。

黑狗身子已经发硬，挣扎开众人的摆布，跳了最后一个蹦子，倒在地上，再也没有起来，慢慢断了气。我们的脸全都变成了绿颜色。黑狗就这样死了。新的狗窝已经盖成，与鸡圈相邻，上面苫着崭新的瓦片，是间富丽的屋子。父亲曾经开过一个玩笑，他说这下我们的黑狗也要享福了，也住新房子了。父亲的玩笑开得早了一步。黑狗是死在旧窝里的。可怜至死脖子里还戴着铁绳，它被拴了一辈子。

黑狗死了，我们的日子还得往下过。事实上，日子是一刻也不会停留的。院子四周的树木高过了墙，已经能遮风挡雨，炎夏时节，我们就在树冠下乘阴凉。是父亲栽的树，正是当初所育的那些苗。

窑里的年月，慢慢淡去，像许多年前飘过窑顶的那些尘烟，终于化作了清风，在远方消逝。

时间缝隙里的碎碎念
（代后记）

按照惯例，书本最后需要一个后记。我自己的理解，序言是严肃的，是板着脸一本正经的，像大户人家的前厅，是待客议事举办一个家庭重要事项的地方。后记就是后院了，是家眷们活动的场地，所以前厅严肃刻板认真，在后院就能吁一口气，放开了收敛的形貌，甚至可以放浪一下形骸了。那些藏在心里的话大概也是可以拿出来絮叨絮叨了。这是第一次在花城出版社出书，第一次和花城打交道，从最初约稿，到合同，到审稿，到讨论定稿，整个过程很舒畅，花城的编辑给了我作为一个作者充分的尊重，我们像朋友一样轻松愉快地处理了所有事项。

收入其中的七篇作品，六篇是近作，《窑年记事》稍微早一点。其中四篇出现了具体的年代，这源于从2014年开始的一个计划，当时在鲁院学习，想写一个系列，以年代为标题，把年份镶嵌进去，便是属于自己的年份书。由于写得很慢，两年中就写了这几篇，自己还比较满意，就收进这里了。《1987年的浆水和酸菜》《一抹晚霞》都上过《小说选刊》，还被当作八〇后乡土题材的典范进入过几个年度版本和被不同的评论家提及议论过。浆水和酸菜，这两个词儿指代的物事，都已经距离我们的生活有些遥远，甚至只是一部分人的记忆。这一部分人中有我，所以我怀念那些人和物，怀念远去的岁月，是以选定这个篇名做总的书名。

总体来说，我的作品呈现出一种和当下生活稍微拉开距离的滞后感。出现这种情况的缘由，不止一人询问过我。我一遍遍解释，这都在于我生活和书写的根据地和立足点，并且不能不再次提及一个在许多场合说到的称谓：西海固。西海固的六盘山麓，有六个县区像小星星一样散开分布在山脚，都是黄土山区地貌，气候干旱，少雨。这便是我出生并长期生活的地方，也是现在书写的地方。生活里的清寒和艰苦，像胎记一样深深地铭刻在我的记忆里。这记忆更像是血液，早就深深渗入我文学的底板里，将其浸透。时至今日，西海固山区还是比外界慢了一个节拍，无论是生存环境，还是生活水平。贫穷是什么，底层的艰苦是什么，这是我最初开始书写时就咂摸的东西。真正的底层的生存，是沉重而艰辛的，是有血泪也有欢笑的，是幸福与痛苦参半的。有这样的底色做参照，我的文字一直轻快不起来，总是有一种沉甸甸的东西压在心头，渗透在字里行间。

重新摩挲这七篇作品，创作它们的情景历历在目。我不习惯用电脑直接写，先将文字落在纸上，然后再整理成电脑文档。这源于我使用电脑很迟，2007年才开始正式接触电脑，还有一个原因是时间不允许，我没有整块的时间去面对电脑，调整人的思维和电脑之间的转换。我常常陷入一种战争，除了处理构思文本时调整自我和外在世界的矛盾，还有争抢时间的问题，这源于我在生活里的角色，我是两个孩子的母亲。

我住的房子是老式格局，餐厅和厨房之间有一道玻璃墙和门，客厅远在另一端，被结实的墙壁隔开了。常常，孩子们在客厅里看电视、吃食物、玩，我看不见。但是别以为这时候我就能躲在床上享受读书写作的时光，没那么舒坦惬意。我在做饭或者打扫卫生，只有在这种时候三岁半的儿子才会稍长时间不来打扰我。只要我一躺在被窝里拿起书，他保准光着脚爬上来，不是夺书就是骑在脖子上。要不就是姐弟俩吵嘴、打架，对骂是小事，都是小儿言语，没什么伤大雅的。但很快会升级为打斗，弟弟冷不丁揪住姐姐的长发，狠狠拽，大概觉得这柔软细长的丝团是世上最乘手的把柄，抓住了就舍不得轻易放手。姐姐号哭，声音大得吓人。救人如救火，我得十万火急地出场排灾解难。只有做饭或者拖地的时候，他们不生事，也只有这时候姐弟俩关系奇好，大的温言软语，教诲什么，小弟嘴巴乖顺，直喊姐姐。我擀好了面，菜炒进锅里倒足水，让自己烧，为了省时省事，我常做这种叫连锅子的面条。烧水的时候，下面时间还早,干什么呢?拿一个小本子、一支笔,乘机写点文字。斜坐餐桌边,一副随时起身处理各种杂事的坐姿,一边极力让自己平静内心。是的,要在短时间里平静一颗烦躁的心,不容易,往往比较耗时。并不是每次拿起笔就来灵感,就能顺畅表达。这个铺垫的过程就是捕捉灵感的过错。暖壶里刚灌了开水,塞子紧了,时不时发出嗤嗤的叫声。热气在油烟机上方升旋,一束大红色假花在瓷瓶里永恒而死寂地开放。它们插进来多久了,忘了具体时间,但是细看每一片叶和每一个花瓣,积了厚厚的尘埃,伸手摸,黏黏的,是油污和灰尘的杂物,吹不下来。再想想这个此刻捉笔发呆的女人,从学会做饭的少女时代开始,到今天陪伴炒菜下面的油烟气息,我走过了多少年呢?经我的手做出了多少顿面?多少次是米饭炒菜?又有多少次是面条呢?一笔糊涂账。谁也记不得了。做出的饭菜都给谁吃了呢?是否有谁记得我的饭菜的香味进而感激于我呢?从来没有想过这个,也没去求证过。做饭是女人的天职,就像包揽家务和生育拉扯是女人的天职一样。这是我生长的环境从小教诲我的,我在秉承西海固妇女那些质朴与善良的同时,也全部接纳了这样的女儿经。

往往,菜在开水里打滚,白汽像云朵一样在高处舒卷,我捏着笔想写点什么。干了一天家务,感觉时间太久了,再不写点,时间都陈旧得变成记忆了。就写点内心的感慨吧。可是生活似乎真的很平凡,甚至有些庸常。我能在这种日日相同的重复里翻检出点什么呢？我就像一个在雨天试图让风筝高飞的傻孩子，像在雪天仰着头寻找彩虹的女孩。

锅里的水汽白热化了，土豆应该快绵软了，该去切面条了。这时候灵感像一个迟迟不愿意露面的调皮孩子，却忽然从门缝里探出半边脸儿来，眼里闪烁着狡诈，笑眯眯对着我说我在这儿，快来抓我吧。我太了解孩子了，所以这个孩子的狡猾逃不过我，被我瞬间捕住了，唰唰唰，中性笔在纸上划过，文字潦草而夸张变形，一个个皱着小脸儿的孩子一样，被我从笔端挤出来，排了一排又一排。水汽托得锅盖噗噗响，该下面了，不然土豆会煮成糊。我依依不舍停下笔，推开厨房门，撒一把干面，抚平了，当当当，快刀剁面声细碎、清脆，雀儿舌头般的面条乱纷纷从刀口下逃生。一会儿手一扬，一把面叶子跳着舞跃进开水里。饭熟了，我鼻涕上挂着汗，出锅、分筷子、端饭，陪孩子吃。给大的夹菜，小的喂饭，调皮的两个人因吃饭不断生出嫌隙，我已经中断了刚才的美妙思维，一些东西已定格在纸上。再见的时候要续接上次的思绪，已经是孩子酣睡的半夜或者明天做饭的同一时刻。

自从十年前生了女儿，写作环境一天天恶化，时间一再退让挤对。时间就像乳沟，挤挤总会有的，我便拼命地坚持着去挤时间的乳沟。在这些挤出来的褶皱里，零零散散划拉下一些文字，它们躺在笔记本上，凌乱得像一团野草，等我整理的时候，往往出现自己都不认识写了什么的情况。

还好，坚持了下来，再苦再累，终究是没有放弃。一篇作品，从初写到修改打磨，发表出来，是一种幸福。现在把它们串珠子一样串起来，结集出版，更是幸福。

至此，一个女人的碎碎念终于打住，聊为后记。

马金莲
2016 年 3 月 1 日